蜘《く》蛛《も》の糸

黒川博行

KOBUNSHA

光 文 社

目次

蜘蛛の糸

充血性海綿体

それはまさに天の配剤であった。己が理想を追い求めて茫漠たる芸術荒野を彷徨し、産みの苦しみの中に全智全能を捧げ尽くす彫刻家にとって真に創作意欲を喚起するモデルにめぐり会うことができたのは、空前にして絶後、後退にして前進たる、滄海《そうかい》の一粟《いちぞく》ともいえる僥倖《ぎょうこう》ではなかったか——。

洗って濡れたままを無造作にたばねたようなフラッパーの髪、どこかしら焦点のぼやけた黒眼がちの瞳、ぽってりと煽情的なピンクの唇、わずかに尖り気味のあご、細く長い頸《くび》、その細さにつりあわない大きな胸、引き締まったウエスト、押せばはじけそうな張りのあるヒップ、膝からふくらはぎ、くるぶしにかけてのなだらかな曲線——。ドアを開けて林田亜実を見たときの一瞬のひらめきを、遠野公彦は生涯忘れないだろう。

「——いえ、林田と書いて『リンダ』と読むんです。友だちはみんなそういうし、そのほうがかわいいでしょ。……名前は『つぐみ』やけど、友だちはみんな『あみ』っていいます。むかし、かすみ網でツグミをとったら焼き鳥にして、塩焼きがいちばん美味しいとか聞きました」

カウチソファに浅く腰かけて、亜実はものめずらしそうにアトリエ内を見まわす。

「遠野センセは彫刻してはるんですね」

「そう、見てのとおりです」

「彫刻いうのは、木を彫るんやないんですか。ノミと金槌をトンテントンテンして」

「ぼくの専門はブロンズなんだ。粘土で原型を作って、それを型取りする」

「ほな、マネキンとか人形みたいなものを作るんですね。亜実《あみ》、バービーちゃんよりジェニーのほうが好き」

「……………」

遠野は薪ストーブにかけた薬缶《やかん》の湯でコーヒーを淹《い》れながら、黙って相づちを打つ。このモデル、少々変わっているようだ。「ところで林田さん、齢を訊ねてもいいかな」

「はい、センセ、二十歳《はたち》です。お誕生日は三月四日で、魚座です」

「モデルの仕事はいつから」

「半年前です」

亜実は、ついこのあいだまで洋画家の広沢利造のところに通っていたという。

「狂軌会《きょうきかい》の広沢先生といえば、精神に異常をきたして入院したんじゃなかったかな」

「はい、そうです。だから、ここへきました」

「だったら、おおよその条件は知ってるんだ」

時間給は六千五百円、一日三時間で二万円だと説明した。「その日の進み具合で、一時間くらいは延長してもらうかもしれない」

「はい、センセ、よろしいです」

亜実はうなずき、舌先で唇を舐める。媚《こび》をふくんだその表情が妙に男をそそった。

「正直いって、ぼくは胸が躍ってる。あなたのようなすばらしいモデルに出会って、ほんとうの芸術を創造できるような気がするんだ」

「センセ、亜実のこと、リンダと呼んでください」

「リンダね……。ぼくの趣味じゃないな」

「だったら、亜実でもいいです」

「――じゃ亜実ちゃん、コーヒーを飲んだら、さっそくはじめるから」

テーブルにカップを置き、亜実の向かいに腰をおろした。「この部屋、寒くはないかな」

「暑いくらいです。背中に汗かいてます」

亜実は両手を後ろにまわして薄いセーターの裾を引っ張る。胸が前に突き出されて乳首の形がはっきり見え、遠野は思わずピクンとなった。

「亜実ちゃんはブラジャーをつけないんだ」

「わっ、エッチ」

亜実は肩をすくめ、胸をすぼめた。その拍子に膝がひらいて、黒いストッキングのふともものの奥がのぞき、遠野は思わずピピンとなった。いやしくもアートを志し、アートによって口を糊しているものがなんたる醜態。脚を組み、パイプの煙草に火をつけて、ふくらみかけた股間を隠した。

「センセ、あのクマさん、大っきい」

亜実はスチール棚の上に座らせているぬいぐるみを指さした。

「あれはクマじゃなくて、ナマケモノ。気に入ったのなら、進呈します。亜実ちゃんがきてくれたことを祝して」

ナマケモノは去年の十二月、『コールドブラッド』の紗香にプレゼントしようと思って買った。紗香はクリスマスイブのデートをすっぽかし、遠野はリザーブしていた『リッツ・カールトン』の部屋でナマケモノと抱き合って眠った。

「わぁ、うれしい。亜実、センセが好きになりそう。最初に見たとき、近所の豆腐屋のおっちゃんみたいな感じやったけど」

ついと亜実は立ちあがった。スチール棚の前へ行き、ぬいぐるみを見あげるが、アトリエの天井が高くてとどきそうにない。そばの丸椅子を移動させて上に乗り、つま先立ちになって手を伸ばした。ニットのミニスカートが、ほとんどショーツが見えそうになるまでずりあがって、なんと彼女はパンストを穿いておらず、シーム入りのストッキングをガーターで吊っている。遠野は思わずパイプをとり落とした。

「よいしょっと……」

亜実はぬいぐるみを抱えおろした。遠野にほほえみかけて、アトリエを出て行こうとする。

「君、どこへ行くんです」

「この裏の道に車を駐《と》めてるんです。亜実、すごく忘れっぽいし、先にクマさんを積んでおこうと思って」

やはり、この娘《こ》は変わっている。いったいどんな育ち方をしたのか、もらったものはすぐに自分の巣に運び込まなければ気が済まないらしい。

「車はガレージに駐めなさい。シャッターをあげようか」

「亜実、免許取りたてなんです。車庫入れなんかできません」

「あ、そう……」

遠野の車は65年製カルマンギアと、99年のレンジローバーだ。傷をつけられてはかなわない。「裏の道だったら、そこから出て庭を突っ切ったほうが近い」

「センセ、鉢植が枯れかけ。お日さんをあててやらんと」

亜実は南側のカーテンを引き、ガラス戸を開けた。スリッパのまま芝生の庭に降りて向こうへ走って行き、ほどなくしてもどってきた。

「センセのお家《うち》、広いんですね」

「いや、昔から住んでいるだけでね」

遠野の邸《やしき》は六甲山系に連なる男神山《おがみやま》のふもと、古い住宅街の一角にある。

戦前、遠野の家は一帯の土地一万坪以上を有する大地主だったが、戦後の混乱期にその半分を失い、政治好きの父親の代になって、残る資産の大半を使い果たしてしまった。父親は政治以上に無類の女好きで、外に三人の妾《めかけ》を囲っていた時期もあり、本妻のひとり息子である遠野には腹違いの姉弟が四人もいる。

遠野が芸大の三年のとき、父親が妾宅で死んだ。すったもんだの相続争いのあげく、遠野と母親に残された資産は、自宅と三百五十坪の土地だけだった。母親は敷地の南に賃貸マンションを建て、今日は乗馬、明日は観劇といった気ままな暮らしをつづけていたが、遠野が三十六のとき、旅行先の熱海で亡くなった。その日、熱海のホテルには母親のゴルフ仲間の食品会社社長が泊まっていたが、女は灰になるまでというくらいだから、そう気にすることもない。遠野は母親の生命保険金で庭の片隅に別棟のアトリエを増築し、相も変わらぬ遊民生活を送っている。

「センセ、奥さんは」

「奥さんどころか、恋人もいないよ」

「ほんまに？」

「ほんとうさ」

「淋しい人生ね」

「そうかな……」余計なお世話だ。

「一日中、ひとりでお家にいたら退屈するでしょ」

「ぼくは作品を作ることで頭がいっぱいなんです」

そう、妄想で頭がいっぱいだ。早く裸になれ。

「センセ、パイプなんか吸うんですね」

「それより亜実ちゃん、着替えは」

「着替え？　亜実、この服しか持ってないけど」

「そうじゃなくて、服をどこで脱ぐかと訊いてるんです」

ここで脱ぎなさい。ガーターとストッキング、Ｔバックショーツ――三点セットを思い浮かべるだけで下半身に電流が走る。

「まさかセンセ、亜実はヌードなんかしませんよ」

驚いたように亜実はいう。「広沢センセのとこでも服を着てました」

「そ、それは困る。ぼくはヌードのモデルってことで……」

「聞いてません。そんな約束してません」

「まいったな」

頭を抱えた。亜実を紹介してくれた狂軌会に電話を入れようかと思ったが、苦情をいったところで、どうなるものでもない。「――なんとか考えなおしてくれませんか。油絵はともかく、彫刻に着衣のモデルなんて、髷《まげ》のない相撲取りみたいなものです」

少し混乱した。比喩が適切でない。

「けどセンセ、亜実は生まれてから……」

「これは純粋芸術です。たとえ一糸もまとわずとも、淫猥劣情みじんもなく、清浄孤高なる美への希求が存在するだけで、黒船開港以来百数十年、蒙昧《もうまい》無比な日本においても映倫のヘア解禁が原則として了承され、我々彫刻家の意識下に、女性美の極北はいかにあるべきかという……」

我ながらよく口がまわると感心しつつ、亜実を見ると、庭に向かってじわじわあとずさりしている。

「待った。どうだろう、時間給を千円アップするということで……」

「千円ですか……」亜実は上を向く。

「じゃ、二千円」

「二千円、ね」亜実は首をかしげる。

「分かった。一万円だ。時給は一万円」叫ぶようにいった。

こんな電流の走るモデルに出会うことは二度とない。『サンダーボルトウーマン・A』という作品タイトルが脳裡に浮かんだ。

「センセ、亜実が裸になっても、じろじろ見ない？」

亜実は両手で胸を押さえる。

「見ない、見ない、君は芸術なんだ」

「いやらしいポーズも？」

「させるわけがない。芸術なんだ」

「大股びらきも、顔面レシーブも？」

「アダルトビデオじゃないんだからね」

「でも、やっぱり恥ずかしいな」

亜実は体をくねらせる。

「じゃ、ゲームをしようか」

咄嗟《とっさ》にいった。「野球拳をしよう」

「なんです、それ」

「野ぁ球ぅすぅるなら♪　と歌をうたいながらジャンケンをする」

遠野は立って、踊った。「負けたら、服を一枚ずつ脱いでいく」

「ばっかみたい」

亜実は笑った。「センセが裸になったって、気持ちわるいだけ」

遠野はムッとしたが、顔には出さず、

「ぼくが負けたら、三千円ずつ払うことにするよ」

亜実が身につけているものは七、八枚だろう。三万円もあれば裸にできる。

「亜実、やります」

亜実は思いつめたように、こっくりうなずいた。「芸術家の遠野センセがそこまでいわはるんやし、ゲームをします」

「そうか、してくれますか」

なぜか知らん、頭がさがった。

「センセが負けたら、お金の代わりに、あれください」

亜実はスチール棚を指さした。「あのおもちゃ、かわいい」

それは、ミッキーマウスがオープンカーに乗った、たった五百円の小さなブリキの玩具だった。三年前に香港へ行ったとき、まとめて十個買ったその玩具を、遠野は馴染《なじ》みのホステスに配り歩き、誰ひとりとしてうれしそうな顔をしなかったという苦い思い出がある。

「あれは年代物で稀少価値があるけど、賭けます」

遠野は真顔でいい、「じゃ、はじめようか」

「亜実、野球拳はいや。だって、すぐに勝負がつきそうやもん」

「だったら、なにがいい。……コイコイ、ハチハチ、バッタまき、手本引き?」

「そんなの、知りません」

「ポーカーとか、セブンブリッジは」

「知りません」

「バックギャモン、ドミノ、モノポリーは」

「なんです、それ」

「じゃ、こうしよう」

遠野は考えて、「そこの『芸術年鑑』を開いて、右肩のページの数字でオイチョカブをする」

「オイチョカブって、足した数字が多かったらいいんでしょ」

「そう、一桁めの数字がね」

年鑑と玩具をテーブルに置いた。カウチソファに亜実を座らせる。

先に遠野が年鑑を開いた。６２９――七だった。

亜実が開いた。４２７――三だった。

「最低。こんなの嫌い」亜実は左のイヤリングを外した。

イヤリングは左右でひとつだろうと遠野は思ったが、口には出さない。

また、年鑑を開いた。２６７――五だった。

亜実のそれは９０５――四だった。

「もう、いや」

亜実は右のイヤリングをとった。「こんな単純なゲーム、ちっともおもしろくない」口を尖らせてそういう。

「だったら、『四字熟語ゲーム』をしようか。……一石二鳥とか、荒唐無稽とか、四字の熟語を、『あ』から順にいっていく。先にギブアップしたほうが負けだ」

「それ、おもしろそう。亜実、国語は得意だよ」

亜実が罠にかかった。遠野はこのゲームで、紗香のヘアを四本も獲得している。

「――最初は『あ』だから、暗中模索」

「杏仁豆腐」と、亜実。

「『い』は、以心伝心」

「淫行条例」

「『う』は、紆余曲折」

「羽毛布団」

「栄耀栄華」

「円形脱毛」

「――あのね、どうもちがうような気がするんだけどね」

亜実を傷つけないよう優しくいった。「四字熟語というのは、四つの漢字を組み合わせて、ひとつのまとまった意味をあらわす言葉なんだ」

「センセ、杏仁豆腐を知らないんでしょ」

さも不服そうに亜実はいう。「お豆腐やなくて、デザートだよ」

「いや、そんなことは知ってるけど……」

「次は『お』。センセからね」

「――温故知新」

「温泉芸者」

「快刀乱麻」

「怪盗ルパン」

「それ、カタカナだな」

「じゃ、解凍冷凍」

「起承転結」

「起床八時」

「分かった。ギブアップする。このゲームは亜実ちゃんの勝ちだ」

白旗をあげた。時間が惜しい。

「やったね」

亜実はガッツポーズをし、ミッキーマウスを車に積んで、もどってきた。

「センセ、次のゲームは」

「そうだな、ダイスでもころがそうか」

「亜実、知ってるよ。チンコロリン」

「チンチロリンだろ」

遠野はラーメンの鉢とダイスを三つ用意した。「四五六とゾロ目は倍どり、一二三は倍づけ。……ぼくが勝ったら、亜実ちゃんはなにを脱ぐのかな」

「ふふ、それは内緒」

亜実はいたずらっぽく笑い、「センセはなにを賭けるの」

「どうしよう。もう、おもちゃはないんだ」

「亜実、あの絵が欲しいな」

指し示したのは、壁にかけた熊谷守一《くまがいもりかず》の木版画だった。

「えっ……」口許がひきつる。

縁側で眠っている猫を描いた、その木版画は、遠野がまだ学生のころ、つきあっていた日本画科の女の子にプレゼントしようとして、母親に買わせたものだ。値段は当時で七万円。二つ年上の彼女は遠野をソデにし、ジャガイモのような顔のラグビー部キャプテンと結婚した。

「亜実ちゃんが三連勝したら、あの絵をあげるというのはどうかな」

「うん、それでもいい」

亜実はダイスを鉢の中に落とした。六・六・三で、目は三だった。

遠野が振った。一・一・五で、目は五。

「ちぇっ、ついてない」

亜実はセーターの裾に手をかけて一気に脱ぐ。細いストラップと花柄のレース、黒いシルクのキャミソールを着ていた。

「ああ……」と遠野は呻《うめ》き、にわかに膨張した股間を押さえて、ダイスを振る。

遠野の目は四、亜実の目は二――。

亜実は脚を揃えてカウチソファに横座りになり、スカートをたくしあげた。ガーターのホックを外し、両掌をふとももにあてて、少しずつ絞るようにストッキングをおろしていく。白磁と見まがわんばかりの肌、完全無欠な脚線、亜実はストッキングを胸元にかざし、フッと息吹きかけて、はらりと下に落とす。

「ああ、ああ……」遠野は完璧に勃起し、ソファからくずれ落ちた。

「センセ、大丈夫？」

「な、なんでもない」頭が痺《しび》れるように熱い。

へっぴり腰でテーブルにもたれかかり、またダイスを振る。手許が狂って、鉢からこぼれた。

「センセ、ションベンや。反則やで」

「うん、ああ……」

「ラッキー！」亜実は立ちあがって、壁の木版画を外した。上はキャミソール、下はミニスカートに片脚だけのストッキングといった恰好で庭に飛び出し、あっという間にもどってきた。

「さ、センセ、次はなにを賭けるの」

「なんでもいい。亜実ちゃんの好きなものを」まだ朦朧《もうろう》としている。

「亜実、あの壺がいいな」

亜実は飾り棚に置いてある備前焼の大壺に眼をやる。

「あ、あれは、人間国宝の藤原陶陽先生が最晩年に……」

「センセ、亜実ね、ぴこっとしてるの」

「は……？」

「乳首の先がね、ぴこっとひっこんでるの。恥ずかしいな」

「賭ける。壺を賭けます」

思わず叫んだ。「ただし、亜実ちゃんがゾロ目か四五六を出したときだけ」

亜実がダイスを振った。三・三・二——。

そして遠野は、四・四・五——。

亜実は立ちあがった。ガーターのホックを外して、膝をくねらせながらストッキングをおルにのせる。

ろす。黒い環がくるぶしまで滑り落ちたところで、これをとればかりに、つま先をテーブ

「ああ、ああ……」怒張天を突いた。

遠野はふらふらと躙《にじ》り寄り、ストッキングを握りしめた。亜実がゆっくり脚を引き、まだ

生暖かい、匂いたつような布切れが手の中に残る。

「センセ、早くサイコロ振って」

いわれて、半ば夢遊状態で振った。

「あっ、またションベン」

「ああ、ああ、ああ……」

呻きがやまぬうちに、亜実は大壺を串に積んでもどってきた。

「センセ、ストッキングを舐めまわすのやめて。涎《よだれ》だらけになるやない」

「――ぼくは、ぼくはもう、チンチロリンはしない」

「ほな、もういっぺん四字熟語ゲームをしようか」

「いや、それだけは勘弁して欲しい」

「じゃ、名前ゲームというのは」

「名前ゲーム？」

「これから十分間で、カードに、『あ』から順番に歴史上の人物をひとりずつ書いていくの。

あとで、それを当てっこして、たくさん当たったほうが勝ち」

「なんだ。それだったらいい」了承した。

「センセはなにを賭けるの」

「ミニコンポでも賭けようか」

CDデッキが壊れていて、音が出ない。

「センセ、せこい。センセはお金持ちやんか」

亜実はモデル台の向こうのガラスケースを指さして、「あそこに飾ってある、変な形の時計が欲しい」

「あ、あれはだめだ」遠野はうろたえ、ストッキングを振りまわした。

それは三つ鱗紋入りの真鍮《しんちゆう》浮彫《うきぼり》側黒漆塗文字盤袴《はかま》腰の、二挺天府《てんぷ》目覚付櫓《やぐら》時計で、高さは三尺。和時計のコレクターであった祖父がたったひとつ残していった大名物《だいみようもの》である。いまでもゼンマイを巻けばテンプが水平に振れて、一日に十分しか狂わない。

「――センセ、亜実ね、薄いの」

「薄い……?」

「下のね、ヘアが薄いの。恥ずかしいな」

「賭ける。賭けます。時計も太刀も甲冑も」

歴史上の人物をあげるのだ。負けるはずはない。

遠野と亜実は背を向けて、カードに一枚ずつ名前を書いた。時間が短いから、そう凝った名前は浮かんでこない。

ふたりは書きあげたカードを伏せてテーブルに置いた。ジャンケンで、亜実が先攻する。

「『あ』は、足利尊氏」と、亜実がいい、

「外れ」と、遠野はカードを一枚めくる。「ぼくが書いたのは『安藤広重』だ」

「市川團十郎」

「市川左團次」ニアミスだ。

「内村鑑三」――『梅原龍三郎』

「江戸川乱歩」――『榎本武揚』

亜実は人物の名をよく知っているし、いいところを攻めてくる。術中に嵌《は》まった気もしなくはない。

『わ』まで進んで、遠野は『雪舟』と『徳川家康』を当てられてしまった。

「――じゃ、今度はぼくの番だ」

遠野はソファに浅く座りなおした。「在原業平」

「カーン。外れでした」

亜実のめくったカードは、『姉小路歌麿』と書いてあった。

「それ、だれ？」

「幕末のお公家さん。新選組に天誅されたの」

「『い』は、伊藤博文」

「インディ・ジョーンズ」

「外人じゃないか」

「亜実、日本人に限るとはいってないもん」

「上田秋成」

「植木等」

「クレージーキャッツの？」

「ちがう。うちの短大の初代学長。有名な声楽家」

「江藤新平」――『エノケン』

「緒方洪庵」――『オズ』

「オズ、って？」

「魔法使い」

「あのね、亜実ちゃんね……」

「センセ、男らしくない。いちいちチェックするんやもん」

亜実はぷいと横を向く。膝が大きく開き、真っ白なふとももの奥に黒いショーツ。

「ああ、ああ……」網膜が一瞬にしてピンクに染まる。

「はい、次は『か』ね」

　亜実が腰をせりだしてくる。スカートがたくしあがり、膝がますます開いて、ショーツの淫靡な皺《しわ》までがくっきりと見える。その皺がまた、亜実が動くたびに微妙によじれるのだ。

遠野は屹立し、痙攣して、

「か、カメ、インモー、クリキントン……」

　ソファごと後ろに倒れた。したたかに後頭部を打ち、はっと我にかえると、亜実がひざまずいて遠野の顔をのぞき込んでいる。

「――や、櫓時計は」

　ガラスケースの中は空になっていた。

「亜実の車の中。だって、センセはギブアップしたもん」

「あんな重いものを、よく運べたね」

「亜実、日曜はエアロビに通ってるの」

　亜実は立ってステップを踏む。しなやかな脚、くびれたウエスト、たわわな胸がキャミソールを突きあげる。遠野は四つん這《ば》いになり、ソファを起こしながら、

「君はデモーニッシュで、メドゥーサで、カミーユ・クローデルだ。君がそうやって脚を広げるたびに、ぼくは羽根をもがれたロダンになってしまう」

「センセ、わけの分からんことといって、ゲームはやめるの」

「やめるわけがない。たとえこの身は煉獄の火に焼かれようとも、ぼくは亜実ちゃんを裸に剝《む》いてみせる。人間、やけくそになれば、怖いものはないのだ」

「だってセンセ、もう賭けるものがないやんか」

「まだ、家宝の太刀と甲冑がある」

「へーえ、それ、かっこよさそう」

「待ってなさい。すぐに持ってくる」

遠野は渡り廊下から母屋に走って、蔵の南京錠を外した。太刀をベルトに差し、重さ十貫ほどもある鎧櫃《よろいびつ》をたすきに背負って、よろけながらアトリエにもどった。

太刀を鞘《さや》から抜き、亜実の顔前にかざす。

「遠野宗右衛門尉政房所持の朱塗金蛭巻拵《ひるまきこしらえ》 銘備前国長船《おさふね》住春光《はるみつ》の太刀である」

頭が高い、さがりおろう、というところだが、亜実は無邪気に手を叩くばかり。

「――で、ゲームはなにをするの」

「カードをする。ブラックジャックだ」

「それより、フラワーゲームをしよ」

「フラワーゲーム？」

「『あ』から順番に花の名前を……」

「しない。絶対にしない」

二度と騙《だま》されるか。

「ブラックジャックて、二十一に近いのが勝ちやったね」

「そう。カードは何枚でも引けるけど、二十一をオーバーしたらドボンで負け。絵札はみんな十、A《エース》は一と十一に数えることができる」

遠野は毎年、春と秋、ソウルやマカオのカジノへ遠征している。ブラックジャックなら、こんな小娘に負けはしない。「ただし、先祖伝来の家宝を賭けるんだから、こちらには条件がある。……ぼくがディーラーで、亜実ちゃんはプレイヤー。そして、亜実ちゃんがちょうど二十一を出したときだけ、勝ちとする」

「うん。それでいい」亜実はあっさりうなずいた。遠野の思うつぼだ。

テーブルに向かいあって座り、カードをシャッフルした。

「ベットは三カ所。好きなのを選べばいい」

カードを二枚ずつ、伏せて並べた。遠野も二枚のカードを伏せる。

亜実は真ん中のカードをめくった。Q《クイーン》と6で、十六だった。遠野もカードを一枚オープンして、これは8。

「亜実は二十一にならんと勝たれへんのでしょ」

「カードをもらうときはヒットというんだ」

「じゃ、ヒット」

三枚目のカードを配った。Q・6にJ《ジャック》がいって、亜実はあえなくドボン。

「あっちゃー」亜実はスカートのファスナーをおろして、そこに手を入れる。少しもぞもぞし、おもむろに引き抜いたのは黒いレースのガーターだった。

「ああ……」遠野は涎を拭い、股間に鞭《むち》打ってこらえる。

そして二ゲーム目、亜実はK《キング》・4に9をひいて、またオーバー。

「もう、最低」亜実は両手を広げ、立ちあがった。ミニスカートのホックを外し、膝を揃えて少しずつ下に滑らせていく。縦に小さく割れた臍《へそ》、白くなめらかな下腹部、そして両脇をリボンに結んだシルクショーツ。

「ああ、ああ、ああ……」

いけない。またロダンになってしまう。

「センセ、早くして。今度は勝つからね」

亜実はカウチソファの上で胡坐《あぐら》になった。

カードをシャッフルして並べた。亜実は左のカードをめくる。9・Kの十九だった。

「ヒット」亜実はいい、7が出て、またもやオーバー。

「こんなん、よう考えたら損やわ。亜実、ドボンするばっかり」

亜実はキャミソールの裾をつかんだ。「エッチ、見んとって」

睨《にら》まれて、遠野は後ろを向く。ためいき。そして海綿体をくすぐる衣擦れの音——。

「もういいかい」

遠野は振り返った。「ああ、ああ、ああ、ああ……」

夢にまで見た双丘がぶるんぶるんと揺れている。金色のうぶ毛、ピンクの乳暈、先がぴこっと窪んだ尖り気味の乳首。

「センセ、なにしてんの。早く配って。亜実、怒ってるねん」

二二が四、二三が六、二四が八——遠野は瞑目し、九九を唱える。

亜実はテーブルを叩く。

カードを並べた。亜実の目は9・3の十二。遠野はA・9の二十。

「よし、ヒット」

4だった。9・3・4で、十六。

「もう一枚だろ」

「待って。亜実が引く」

亜実が手を伸ばした。一枚をそっとつまんでオープンすれば、なんと、5ではないか。

「やった、やった！」

亜実はカウチから飛び降りた。太刀をつかみ、頭上にかかげてアトリエの中を跳ねまわる。

「あの、その太刀は備前の国長船の……」

「ん？　どういうこと」

亜実は立ちどまった。

「いや、それは我が遠野家先祖伝来の……」

「無礼者」いうなり、亜実は長船春光を腰だめにし、抜き打ちで斬りつけてきた。

「ひぇーっ」刃先が鼻をかすめ、遠野はソファからころがり落ちる。

亜実は抜き身を振りまわしながらアトリエを走り出て、またたく間にもどってきた。

「――おれは分かったような気がする」

床に突っ伏したまま、遠野はいった。

「なにが……」

「狂軌会の広沢先生が入院したわけ」

と、そこへ電話。よろよろと立って、受話器をとる。

――遠野公彦先生のお宅ですか。

――そう。ぼくが遠野だが。

――男神山署の森下と申します。ついいましがた、住民から通報がありまして、お宅の庭を半裸の女性が走りまわっているということなんです。

――そ、それで。

――警察といたしましては、地域の公序良俗を紊乱《びんらん》するような行為に対して、警告なり指導をする義務がありまして、場合によっては猥褻物陳列罪とか軽犯罪法の適用も……。

——ばかもの。おれは彫刻家だ。モデルがヌードになって、どこがわるい。

——しかしながら、半裸で戸外を駆けまわるというのは……。

——半裸がどうした。おれは全裸にしようとして、こんなに苦労してるんだ。

——しかしながら、さっきは刀を所持していたという目撃情報もあるんです。

——君も警察官なら常識でものをいいたまえ。あれは作品の小道具だ。

——しかしながら、その女性は庭に姿を現すたびに、裏のマンションの住人に手を振ったり、艶めかしいポーズをとったりするようなんです。

——なんだと。

受話器を耳にあてたまま、ガラス戸のそばへ行った。カーテンの隙間から外を見れば、これいかに、マンションのバルコニーに人が鈴なりになっている。

——なるほど。君の話は一部正しい。

——県条例により、男女交際の自由は保障されております。先生の趣味嗜好に関してとやかくは申しませんが、これ以上エスカレートされますと……。

——黙れ、地方公務員。おれは公安委員会の依頼で、男神山署前のモニュメントを制作したんだぞ。

——それはよく存じております。

——あのときモデルになった婦警はどうしている。

——この正月、西宮戎《にしのみやえびす》のミス福娘に応募して、みごと落選しました。

——あの顔だ。無理もない。

——どうか先生、ここは地域社会を混乱させぬよう、自重願います。

——分かった。君もいらぬ口出しはやめたまえ。

電話を切った。

遠野は鎧櫃の紐を解き、蓋を開けた。中から兜《かぶと》と具足《ぐそく》一式を取り出して、鎧櫃の上に立てる。

「遠野宗右衛門尉政房が藩主より拝領した黒狸毛獅子兜に銀伊予札《いよざね》緋糸素懸縅胴丸具足である」

「へーえ、かっこいい」

胸を押さえて、亜実はいう。

「これは正真正銘の家宝であるからして、いままでと同じような賭け方はできない」

遠野はパイプを拾って火をつけた。天井に向かってけむりを吹きあげ、「亜実ちゃんが負けたら全裸になる。時計と刀も返して欲しい」

「センセ、ずるい。自分が勝つことばっかり」

「だから、ぼくが負けたら、この鎧兜は進呈する」

遠野はソファに座った。テーブルをはさんで、亜実も座る。

「亜実も時計と刀を賭けるんやし、勝負は対等にして」

「もちろん、二十一でなければ勝てないという条件は撤廃する」

カードをシャッフルしながら、隙を見てQとKをカーディガンの袖口《そで》に隠した。シャッフルしたカードを亜実に切らせて、三カ所に配っていく。

「うーん、どれにしようかな」亜実は伏せられたカードを睨んで迷う。

「直観だよ。ビギナーズラックさ」

遠野は自分のカードをのぞくふりをして、Q・Kに換える。

「センセ、亜実ね……」

亜実は胸を押さえた手を離す。「緊張すると、お腹が痛くなるの」

震えるようにいって下腹部に手をやった途端、ショーツの紐が解けて、ふとものあいだに落ちかかる。

「わっ、恥ずかし」

「ああ、ああ……」遠野はのけぞったまま硬直する。

「よし、決めた」亜実は真ん中のカードをつかみとった。一枚ずつテーブルに広げる。スペードのAとクラブのJ、文字どおりのブラックジャックだった。

「ああ、ああ、ああ……」

「はは、亜実の勝ち」

亜実はショーツの紐を結んで、鎧櫃のところへ走った。緋糸縅の二枚胴を広げて小鰭《こびれ》と袖ごと頭からかぶり、籠手《こて》を腕にまく。本来は草摺《くさずり》の下に提げるべき佩楯《はいだて》を背中に括りつけ、臑当《すねあて》を脚につけた。重い重い、とぶつぶついいながら、獅子兜をかぶって、よたよたと庭へ出ていく。盛大な拍手が外から聞こえた。

と、そこへ電話。遠野は這うようにして受話器をとった。

——遠野先生のお宅ですね。

——なんだ、また君か。

——今度は、鎧兜の武者が現れました。

——ばかもの。幻覚だ。

——しかしながら、武者はストリートダンスを踊っているそうです。

——やかましい。こっちはそれどころじゃない。

受話器を叩き折った。バーボンをグラスに注いで、ひと息にあおる。

おれはいったいなにをしているんだ。

そう、初めは確か、五百円のミッキーマウスだった。それがいつのまにやら熊谷守一になり、備前の大壺から櫓時計に化けてしまった。太刀と甲冑を負けたときは、もうひとつ記憶が定かでない。

おれは好色なのか。ま、それは認めよう。がしかし、好色でない男を、女は男として、その存在価値を認めるのであろうか。すなわち、これは遺伝子レベルにおいて、充血性の海綿体が人格を左右する最もプリミティブ、かつコンセプチュアルな現象ではあったが、結果的に、おれは伝来の家宝をすべて失い、亜実はまだショーツを穿いている。これを醜態といわずしてなにをか変態といわんや。……いかん。思考が混乱している。芸術が爆発している。亜実の姿態が右脳に浮かんで左心室が動悸した。

ひときわ大きな拍手が起こって、ころんとカウチソファに倒れ込む。

ず、ひとつ伸びをして、亜実がアトリエにもどってきた。たわわな胸を隠しもせ

「――センセ、亜実ね、センセのことが好きになってきた」

「あ、そう」

「センセって、かわいい。母性本能をくすぐるもん」

「そ、そうかな」

「亜実、これを脱ごうかな。サービスで」

「そうそう、脱ぎなさい。芸術です」

「でも、やっぱり恥ずかしいな」

「薄いことなんか気にしなくていい。彫刻はヘアを表現しないんだから」

「でも、センセが見るもん」

「ぼくは彫刻家です。そして亜実ちゃんはモデルだ」

「センセ、このアトリエ、広いね」

「――二十坪はあるかな」

「いいな、羨ましいな。亜実の部屋なんか、この半分もないねん」

亜実は起きあがって、アトリエ内をじっくり見まわした。

梅が散り、桜が咲いて、遠く男神山にウグイスの声《ね》が響く――。

遠野はあれから二体のブロンズ像を制作して、西宮市教育委員会と龍野の醤油醸造元に納めた。アトリエの使用料として、月々十万円を支払ってはいるが、最近の地価を思えば、そう高くもない。アトリエのオーナーであり、その居住者である亜実は、今日から、芸術院会員富田櫂舟先生のところでモデルをしている。

ＵＳＪ探訪記

1

営業をサボッて、車の中で昼寝をしているところへ携帯電話が鳴った。相手の番号を確かめると、頭に《080》がついている。会社からではない。着信ボタンを押した。

――はい、もしもし。

――こんちは。佐々木さん？

若い女の声だ。珍しい。

――佐々木ですけど、どちらさんですか。

――わたし、瑠美。憶えてる？

妙に馴れ馴れしい。新手のセールスか。

――去年の秋、お店に来てくれたじゃない。今治《いまばり》の『エイノリル』。携帯の番号を教えてくれたでしょ。

――ああ、あのときの。

思い出した。一週間ほど、今治の現場にいたのだ。職人と連れだって今治銀座のラウンジやスナックを何軒かまわった。エイプリルという店名は憶えていないが、安っぽい内装のラウンジで、隣に座った女の子が瑠美という名前だったような気がする。色白で胸がたわわに大きく、赤いミニスカートがたくしあがってピンクのショーツが見えるたびに、佐々木は激しく勃起したのだった。

——おれ、よう憶えてるよ。瑠美ちゃん。短大生やというてたやろ。

——うれしい。わたしも佐々木さんのこと、よく憶えてたの。髭もじゃで小肥りだけど、優しそうなひとだったから。

髭はいいが、小肥りは余計だろう。もののいいようを知らない女だ。

——で、なんで、おれに電話を?

——佐々木さん、USJのディレクターでしょ。

USJ……。そう、〝ユニバーサル・スタジオ・ジャパン〟だ。ついこのあいだ、三月三十一日にオープンした。

——うん。おれ、ディレクターや。USJの。

そんなことをいったかもしれない。モテようとして。

——わたし、お願いがあるんだ。ゴールデンウィークにUSJへ行きたいんだけど、前売券が手に入らないの。いま、すごい人気でしょ。だから、佐々木さんに頼めば、なんとかなるんじゃないかと思って。

――前売券ね。何枚欲しいんや。

――二枚。友だちと行きたいの。

――ボーイフレンドかいな。

――女の子よ。短大のクラスメート。

瑠美は泊まりがけで大阪へ行くといった。前売券の日にちに合わせてホテルを予約するという。それを聞いて、佐々木はピピンとなった。

――ＵＳＪのチケットはプラチナだよ。ましてゴールデンウィークとなれば、二枚は無理だね。

東京弁に変えた。ディレクターだから。

――お願い。なんとかして。

――ぼくがいっしょだったら、ひとりぐらい入れんこともないけどね。

――だったら、わたしひとりでもいい。いっしょに行ってくれる？

――ホテルはどないするんだ。

――佐々木さんがとってくれたらうれしいな。

――シングルはむずかしいよね。ゴールデンウィークだからさ。

――ツインでもダブルでもいいよ。

瞬間、下半身に電流が走った。女子短大生、泊まりがけ、ダブルベッド。たわわな胸とピンクのショーツが眼に浮かぶ。

——ひとつだけ、条件をいっていい？

——ああ、かまへん。

——わたしね、一泊しかできないの。だから、その日のうちに、見たいアトラクションをクリアしたいんだ。

——どういうこと。

——人気アトラクションは一時間も二時間も待たなきゃいけないんでしょ。ぼんやり行列に並んでたら、一日でみんなまわれないじゃない。

——あ、そう。

——わたしが見たいアトラクションは八つね。それだけは絶対に外せないの。メモしてくれる。

瑠美はアトラクションをひとつずつあげた。〝ターミネーター2：3－D〟〝ジュラシック・パーク・ザ・ライド〟〝バック・トゥ・ザ・フューチャー・ザ・ライド〟……。ばかばかしいが、佐々木は手帳に書きとめた。

——瑠美ちゃんね、これはしんどいよ。なにせゴールデンウィークなんだから。

——だって、佐々木さんはＵＳＪの関係者でしょ。並ばなくてもいいはずよ。

——そう、ぼくはディレクターさ。

——よかった。ＵＳＪがオープンしたら佐々木さんに電話しようと思ってたの。アトラクションは午後九時までだから、夜は飲みに連れてって。そしてそのあとは洒落たシティーホテルのダブルベッドだ。海綿体に熱がこもる。

——分かった。瑠美ちゃんの携帯は。

番号を聞いて電話を切った。こいつは春から縁起がいい——。

2

得意先を三軒まわって帰社したのは八時すぎ。西中省子が残業していた。

「課長は」

「光紋建設さんの接待」

光紋建設の社長は水戸出身だという。社名と同じく建てる家にもセンスがない。

「西中さん、ＵＳＪに行ったんやな」デスクに座って煙草を吸いつけた。

「プレビューのときにね」省子はパソコンのモニターから眼を離さない。

「チケットはどないしたんや」

「鳴海工芸からもらったんです。一枚だけ」

第三セクターのテーマパークであるＵＳＪは、出資した企業や自治体、協賛企業などに招待券を配ったという。鳴海工芸は佐々木の勤める『ふぉるむ企画』の協力会社で、USJ・ウエスタン・エリアの風車の羽根を製作納入した。

「その招待券、鳴海に残ってるかな」

「残ってても使えないでしょ。プレビューのチケットやし」

「おれ、USJに行きたいんやけどな。ゴールデンウィークに」

「佐々木さん、それは無理やわ」

省子はこちらを向いた。「前売券はとっくにソールドアウト。当日券は徹夜で並ばんとあかんみたい」

入場券は五千八百円。それですべてのアトラクションが見られるという。

「けど、おれはなにがなんでもチケットが要るんや。二枚な」

「娘さんにせがまれて？」

「うん……」娘にはちがいない。齢は二十歳《はたち》くらいだが。

「佐々木さんの娘さん、まだ二つでしょ」

「よめはんや。連れていけ、とうるさいんや」

危ない。視線が揺れた。「な、チケットを手に入れる方法はないか」

「うーん……」

省子は額にこぶしをあてて考えた。「そういえば、弟が五月三日にUSJで合コンをするといってたけど」

「それやッ」

デスクを叩いた。灰皿の灰が散る。「合コンの幹事にいうて、二枚、都合してもらお」

「佐々木さん、うちの弟を知らんやないですか」

「知らんけど関係はある。弟の姉が西中さんで、西中さんの同僚がこのおれや」

「うーん……」省子はあごにこぶしをあてる。

「バックマージンを払うわ。弟に二千円、西中さんに三千円や」

「うーん……」省子はなおも考える。

「弟に三千円、西中さんに五千円でもかまへん」

「八千円の二枚分は一万六千円ですよ」

「なんぼでも払うがな。ゼニカネの問題やない」

そう、問題はEカップのブラとピンクのショーツだ。

「ゴールデンウィークのチケットはプレミアやし、五千八百円では買われへん。それでもいいんですね」省子はしつこく念を押す。

「よめはんのためや。金は惜しいことない」

「分かった。なんとかします」

省子は深くうなずいた。

3

　五月三日午前八時四十分、得意先の社長に借りたチタンシルバーの〝ＢＭＷ７４０ｉ〟をＵＳＪパーキングに駐めた。佐々木はディレクターだから国産車に乗ってはいけない。

　葉巻をくわえてメインゲートまでゆっくり歩いた。この日のためにとシューズボックスの奥深くにしまっておいたフェラガモのスエードローファーは極上の履き心地で、足どりまで軽くなる。濃紺ピンストライプのダブルのスーツにダークグレーのシャツ、ライトグレーのネクタイ、同色のポケットチーフ。髪はハードジェルでオールバックになでつけ、淡いブルーのサングラスをかけている。時計はゴルフコンペでもらったクォーツ仕様の金色ロレックス、薬指の指輪は外した。妻には出張で鳥取の現場へ行くといい、着替えはＢＭＷの中でした。諸事万端、遺漏はない。

　メインゲート前には数百人の行列ができていた。若いカップルと家族連れがほとんどだ。青山瑠美はチケット売場の近くにいるはずだが。

　付近をひとまわりしたが瑠美は見つからなかった。考えてみると、彼女の顔はあまりよく憶えていない。携帯のボタンを押した。

　――はい、瑠美です。

——佐々木です。いま、どこ？

——メインゲート。花壇のそば。

花壇のほうを見た。サーモンピンクのワンピースを着た金髪の女が携帯を耳にあてている。眼があった。軽く会釈すると、にっこり笑った。

佐々木は瑠美に歩み寄った。

「あ、どうも」

「おはようございます」

瑠美はぴょこんと頭をさげた。かなり肥っている。いや、激しく肥っている。胸はたわわだが、腹もたわわだ。細い眉に狸のような眼、潜望鏡のような鼻、オレンジ色の唇。金髪は真ん中で分けて三つ編みにし、丈の短いワンピースはフリルだらけでストッキングは白、真っ赤なリボンのついたピンクの紐靴を履き、肩にはワンピースとおそろいのフリルつきポシエットを提げている。二、三年前、アメリカ村でよく見かけたファンタジーファッションとでもいうのだろうか、これに赤い帽子をかぶせたら赤頭巾ちゃんそのものだ。

佐々木は落胆した。激しく落胆した。エイプリルへ行ったときは泥酔していたらしい。……がしかし、ものは考えようだ。赤頭巾も服を脱げば、狼に食われる二十歳の娘だ。

「これ、チケット」

前売券を瑠美に見せた。二枚で二万六千円。西中省子が弟から手に入れた。彼女と弟のマージン一万六千円は、一万四千円に値切った。

「ごめんね、無理いって。でも、うれしい」

瑠美は腕をからめてきた。少し恥ずかしいが、わるい気はしない。

「わたしね、スケジュールをたてたの。まず初めにジュラシック・パーク。それからバックドラフトを見て、サンフランシスコ・エリアの『ロンバーズ・ランディング』で食事をして、それからターミネーターに行って……」

瑠美は甘ったれた口調で説明するが、佐々木はなにも聞いていない。とにかく、できるだけ早くノルマを消化して、さっさとホテルへ行きたい。

午前九時——。改札ゲートが開いた。

瑠美は入場するなり走りだした。樽のような体型なのに、ものすごく速い。ヒールの低い紐靴を履いてきたのはそのためだろうか。佐々木は息せき切って追いかけた。

ダッシュの甲斐あって〝ジュラシック・パーク・ザ・ライド〟は二隻目のボートに乗れた。四列目の右端に座ってセーフティーバーをおろす。

「もう最高。この瞬間をずっと夢見てきたの。いままでの人生でいちばん楽しい」

「ほう、そうですか」よほど淋しい人生だったらしい。

出発。ボートはゆっくり動きだした。なぜかしらん、佐々木もわくわくしてきた。

やたら首の長い〝なんとかザウルス〟が川の中にいた。瞼を開いたり閉じたりする。なかなかよくできている。瑠美はヒェーッと叫んでよろこんだ。

背中に菱餅《ひしもち》みたいな棘が生えた〝なんとかザウルス〟がジャングルにいた。瑠美はヒャーッとのけぞった。

熱帯雨林を抜けて暗い建物に入った。ボートはコンベアに乗り、四十五度に傾いてケーブルカーのように高度をあげていく。

「この建物はね、ジュラシック・パークの恐竜研究所なの」瑠美の上気した顔。

「ほう、そうですか」映画を観ていないから分からない。

さっきの恐竜より小型の〝なんとかザウルス〟がいっぱい出てきた。瑠美はそのたびに、ヒョエー、フヘーッと喚声をあげる。

ボートは頂点に達した。舳先《へさき》が下を向き、一気に下降する。ギエーッ、佐々木は硬直し、ボートは滑落する。クワッと、どでかい恐竜が口をあけて襲ってきた。ティラノザウルスだ。これだけは知っている。アヒーッ、佐々木は悲鳴をあげ、ボートは着水して飛沫《しぶき》がかかった。

「ああ、怖かった……」

瑠美は佐々木にしがみついている。「最高、おもしろい。もう一回、乗ろうよ」

「いや、おれはええ。びしょ濡れや」

頭から水をかぶった。滴が垂れる。乗客の多くがビニールの合羽《かっぱ》をはおっている理由《わけ》がやっと分かった。

ボートを降りて上陸した。ハンカチでサングラスを拭き、ばさばさになった髪をかきあげてオールバックになでつける。

「次は？」振り返って瑠美の顔を見た途端、息がとまった。狸がパンダに化けている。マスカラが溶けてすだれになっていた。

「次はね、バックドラフト」

「それより先に、トイレ行こ」

「わたし、まだいい」

「化粧、落ちてるで」

「あら、そう……」

瑠美はポシェットからコンパクトを出した。蓋を開けて顔を見る。くるりと背を向けてトイレへ行ったきり、三十分ほどもどってこなかった。

4

〝バックドラフト〟はさほど込んでいなかった。五分ほど並んで中に入った。

スタジオは化学工場を模していた。太いパイプラインが縦横に走り、薬品タンクやプラント類が隙間なく設置されている。客は雛壇のような観客席に立って見物する。

「ここはね、火を使った特殊効果を見せるの。バックドラフトは消防士の映画だから」

「あ、そう」いわれなくても分かる。あちらこちらから炎が噴き出す仕掛けだろう。

撮影スタート――。ブザーが鳴るなり、ドラム缶が爆発した。火柱があがる。閃光が走り、熱風が吹きつける。これは迫力だ。瑠美はブヒーッ、プヒーッと叫びつづける。

パイプがこちらに倒れかかり、観客席がドスンと落下した。佐々木は手すりを握りしめ、瑠美はかがみ込んだまましばらく動かなかった。

「さ、次はロンバーズ・ランディングで食事ね」

「まだ十時だよ」腹は減ってない。

「だめ。スケジュールを守らなくっちゃ」

瑠美は頑《かたくな》にいう。赤頭巾のくせに頭がかたい。


ラグーンのほとりにあるロンバーズ・ランディングに入った。喫煙席に座る。瑠美はグリルチキンとオレンジジュース、佐々木はハンバーグと生ビールを注文した。

「ここは一時間ね。十一時に出て、ターミネーターへ行くから」瑠美は腕の時計を見る。

「きっちりしてるんだ」佐々木は葉巻に火をつける。

「エステの先生にいわれたの。一日三食、きちんと食べなさいって」

それでこの体型だから大したものだ。

「バスの中では食わなかった？」

「夜食は食べた。カツサンドとハンバーガーとおにぎり」

瑠美は今治から夜行バスで大阪へ来た。若いだけに疲れは見えない。

「短大、卒業したんだろ。就職は」

「してない。だって、不景気だもん」

「じゃ、エイプリルが本業かいな」

「あそこは辞めるの。来月から松山へ行こうと思って。もっと高級なクラブにね」

「ふーん……」高級クラブがこれを雇うとは思えないが。

「ね、わたし、ＵＳＪで働いてもいいよ。アトラクションの俳優とか、ガイドとか」

「おれは権限がないんだよ。施設関係のディレクターだから」あわてて首を振った。

料理と飲み物が来た。ハンバーグとグリルチキンは驚くほど大きい。アメリカンサイズだ。瑠美はチキンの塊を串から抜くなり、丸ごと口に放り込んだ。


十一時――。〝ターミネーター２：３－Ｄ〟へ行った。長い行列。《１・５時間待ち》の表示がある。

「こら、ひどいな」

「佐々木さん、ディレクターでしょ」

「まぁね……」

なんとかしないと正体がばれる。鳴海工芸の職人から、ＵＳＪのアトラクションには関係者用の入口があると聞いてきた。

行列の先頭近くを見まわすと、エントランスの右横に細い通路があった。チェーンを渡して中に入れないようにしている。あれだ――。

瑠美の腕をとって通路のそばへ行った。チェーンに錠はかかっていない。

周囲に制服の係員がいないことを確かめ、なに食わぬ顔でチェーンを外した。瑠美を先に中へ入れ、佐々木もすばやく入ってチェーンをかける。

通路は右にカーブしていて、突きあたりに鉄扉があった。

「これがＶＩＰ用の入口なんや」

「かっこいい。佐々木さん」

ノブをまわすと鉄扉は開いた。暗い。大勢の客がこちらに背を向けて立ち、壁面のモニターを見あげている。

「狭いな。この映像が３Ｄか」つぶやいた。

「ここはね、『サイバーダイン社』というロボットメーカーのロビーで、わたしたちは会社見学にきたという設定なの。メイン会場はこの右側だから、左に寄っておくといいよ」

瑠美はいって、壁際の棚から３Ｄ用の眼鏡をふたつ持ってきた。

サイバーダイン社の宣伝ビデオが終わり、右のドアが開いた。客はメイン会場に入る。瑠美は走って前列中央に席をとり、佐々木は隣に座った。

「このスクリーンはね、端から端まで五十メートルもあるんだよ」

「そう、そのとおりや」

三面の大型スクリーンと広いステージ、ロードショー上映館並みの設備に圧倒される。

「スピーカーは百八十三個もあるんだよ」

「そう、そのとおりや」

「佐々木さん、この会場は初めて？」いぶかしげに瑠美はいう。

「いや、こんなにたくさんの客が入るとだね、ぼくにはやはり、感慨深いものがあるんだ」

うまくごまかした。

アトラクションがはじまった。正面スクリーンからシュワルツェネッガーに似たサングラスの男がハーレーダビッドソンに乗って飛び出し、ステージを走りまわる。映像はやがてサイバーダイン社の工場になり、光線銃の光が飛び交いはじめた。

「なんや、もひとつ迫力ないな」

「眼鏡をかけなきゃ」

いわれて3D眼鏡をかけた瞬間、サイボーグが襲ってきた。金属の爪が佐々木の鼻先をかすめる。

ギョエーッ、思わず声を出した。椅子からずり落ちそうになる。

蜘蛛のような液体金属の怪物が現れた。気味がわるい。佐々木は息をのむ。

ターミネーターが怪物をやっつけた。工場が大爆発する。大量の水蒸気が会場に噴き出し、眼の前が真っ白になる。佐々木も瑠美も悲鳴をあげた。

5

「ああ、おもしろかった」会場を出るなり、瑠美は大きく伸びをした。

「どうだい。怖かっただろう」

「佐々木さん、まだ震えてるよ」

「あのけむりが冷たかったんや。あれはドライアイスなんやで」

「それくらい知ってる」

「次はどこや」

「佐々木さん、ときどき大阪弁になるね」

「そうかな。特に意識はしちゃいないんだけどさ」

こうるさい女だ。今治の人間なら伊予弁を喋れ。

「次は〝ジョーズ〟だよ」

瑠美は地図を広げた。

ニューイングランド州の港町、アミティ・ビレッジ――。町の広場に巨大なホオジロザメが吊るされていた。それをバックにして記念撮影をしているカップルがいる。

「ね、わたしも撮って」

瑠美はポシェットからカメラを出した。鋭い歯の並んだサメの口に金髪の頭を突っ込み、こちらを向いてVサインをつくる。なんともいえぬ違和感。作り物のサメにはもちろんリアリティーがないが、瑠美の厚化粧とファッションにはもっとリアリティーがない。お伽の国の悪夢といった感じだ。

「はい、チーズ」

サメの尻尾にピントを合わせてシャッターを押した。瑠美は上機嫌で、

「佐々木さんも撮ってあげようか」

「いや、けっこう」

くだらぬ証拠は残したくない。佐々木は今日、鳥取に出張しているはずなのだ。

広場の奥の船着場に降りた。さっきより行列は短いが、待ち時間は《1時間》と表示されている。関係者用の出入口は見あたらない。

佐々木は案内係の女の子をそっと手招きした。瑠美に聞こえないように、

「おれ、鳴海工芸の関係者やけど、次の船に乗せてくれへんかな」

「はぁ……？」案内係は胡散臭そうに佐々木を見る。

「ジョーズの背びれに色を塗ったんは鳴海工芸の職人で、おれは背びれの定期点検をせないかんのや」

「だったら、メンテナンスカードを見せてください」

「なんや、それ」

「本部発行の保守点検許可証です」

「すまんな。忘れてしもた」

「メンテナンスカードがないと、便宜は図れません」

「そこをなんとか頼むわ。おれはこうして休日出勤してきたんや」

「お仕事なのに、作業服を着てないんですね」

「放っといてくれるか。おれの勝手やろ」

「とにかく、メンテナンスカードをもらってきてください」

けんもほろろ。とりつくシマがない。案内係は向こうへ行った。

「あかんわ。ゴールデンウィークはＶＩＰ待遇がないんだってさ」瑠美にいった。

「佐々木さんはディレクターなのに」

「あの子はバイトだからさ、融通が利かないんだ」

「わたし、並ぶの、いや」瑠美は頬っぺたを河豚《ふぐ》ちょうちんのように膨らませる。

「ま、そういわんと。ぼくが並んで整理券をもらうから、瑠美ちゃんはスヌーピーとでも遊んでなさい」

〝スヌーピー・プレイランド〟がすぐ隣にある。

「スヌーピーなんか嫌い。わたし、〝ロッキン・ミッドナイト・モンスターフェスト〟がいいもん」

「モンスターでもサンスターでもええから、行っといで」

「じゃ、並んでてよ」

いうなり、瑠美はハリウッド・エリアのほうへ歩いていった。

くそったれ――。佐々木は舌打ちする。なにが悲しいて行列なんかせないかんのや。

さっきの案内係と眼があった。睨みつけてやる。案内係はフンと横を向いた。

6

午後八時――。瑠美の希望するすべてのアトラクションを見終わった。〝ジュラシック・パーク・ザ・ライド〟からはじまって〝E.T.アドベンチャー〟から〝モンスター・メーキャップ〟まで、広大な敷地内を少なくとも五周はしただろう。佐々木は行列疲れでへとへとになり、ラグーンのそばのベンチにへたり込んだ。

「ね、佐々木さん、最後にもう一回、ジュラシック・パークへ行こうか」

「いや、その儀は平《ひら》にご勘弁を」

「だって、クローズまで時間があるよ」

「おれはとっくにクローズだ」

夜のスタミナを残しておかないといけない。ミナミに出たら、すぐに〝バイアブラ黄帝液〟を買おう。

「じゃ、これからどうするの」

「道頓堀へ行こう。宗右衛門町で美味いものを食って、ホテルにチェックインしよう」

「ホテルって、どこ？」

「帝国ホテル。天満橋の」

一泊三万七千八百円のダブル。清水の舞台から飛び降りたつもりで予約した。

「帝国ホテルは東京でしょ。有楽町」

「あのな、大阪の帝国ホテルは五年前に開業したんや。超一流やで」

なんと、まぁ、ものを知らない女だ。そういえば佐々木の金色ロレックスを見て、タイメックスか、とほざいていた。

「わたし、ミナミのショーパブへ行ってみたい」

「どこでも連れてったる」ショーパブは安い。ふたりで一万円もあれば足りる。「そのあとは北新地のクラブ」

「あかん。十一時までにホテルにチェックインするんや」新地のクラブは高い。

「わたし、やっぱりジュラシック・パークへ行ってくる」

瑠美は思いつめたようにいった。「佐々木さんはここで待ってて」

「元気やな、え」厭味でいった。

「もう行列してないもん。日が暮れたから」

「二十分で帰ってくるんやで」

「うん、そうする」

瑠美はうなずいて、走っていった。


吸いさしの葉巻を灰にした。瑠美はもどってこない。

時計を見た。八時三十分——。ジュラシック・パークは終わったはずだ。

煙草を一本吸った。八時四十分——。瑠美はジョーズにでも行ったのだろうか。

また、煙草を一本吸った。いらいらする。八時五十分——。これはどうも、ようすがおかしい。

瑠美の携帯に電話をした。電源を切っている。

九時――。ベンチを離れてジュラシック・パークへ行った。広場の客はまばらで、『ディスカバリー・レストラン』に瑠美はいない。ウォーターワールドから〝ジョーズ〟をまわって、元のベンチへもどった。電話をかけたが、応答なし。

ひょっとして、逃げられたかな――。疑念がきざした。二十歳のおとなが迷子になったとは思えない。

いや、まちがいない。瑠美は逃げたのだ――。頭上に暗雲が漂う。

十一時にチェックインするといったのがわるかったのかもしれない。嘘でもいいから、新地のクラブへ連れていくというべきだった。

延髄がバックドラフトし、睾丸がターミネーターした。前頭葉でレジカウンターがくるくるまわる。前売券・二万六千円、マージン・一万四千円、帝国ホテル・三万七千八百円、BMWのガソリン満タン・六千円に、その他経費が一万円――。しめて九万三千八百円ではないか。

おそろしい。この不況下において二カ月分の小遣いが半日にして灰燼に帰してしまった。帝国ホテルをキャンセルしようにも、鳥取出張とあれば家に帰るわけにはいかない。

佐々木は天を仰いだ。あまりの絶望感に全身脱力する。いまさら風俗に行く気力もなければ小遣いもない。

くそっ、くそっ、くそっ、あんな小娘に……。

そのとき、携帯が鳴った。二秒でポケットから出し、一秒で着信ボタンを押す。

――なんだ、瑠美、どこにいるんだ。

――ん？　誰よ、ルミて。

――あっ……。

――あんた、またわるいことしてんのとちがうやろね。

――ちがう。接待や。いま、飲みにいくとこや。

――どこへ。

――鳥取銀座。スナック『ルミ』。

――誰と。

――得意先に決まってるやろ。

――さっき、お義母《かあ》さんから電話があってね、桃子の誕生日に、なにをプレゼントしようか、って。

――そんなもん、なんでもええわい。品物より商品券でももらえ。

――なにいうてんの。桃子のプレゼントやで。

――くだらんことで、いちいち電話してくるな。おれは忙しいんや。

――なんやの。えらそうに。

電話は切れた。佐々木は立って、髪に櫛を入れる。
遠く西の空に真ん丸の月が浮かんでいた。月が瑠美の顔に重なっていく。
そうや、帝国ホテルにチェックインしたら、瑠美から電話がかかるかもしれん——。
一縷の望みを胸に抱いて、佐々木はハリウッドストリートをとぼとぼ歩いた。

尾けた女

1

昼。外でラーメンでも食べようかとパソコンの電源を切ったとき、電話が鳴った。もしもし、麩所《ふところ》くん？　という嗄《しわが》れ声は先輩作家の野上だった。

――元気そうだな。仕事は順調かね。

――ええ。なんとかやってます。

――おれはいま、短編を一本と、『創造』のエッセイを書いてる。今週末が締切りだから、寝る間もない。

――短編はどこの依頼です。

――ちょっとした雑誌だ。『ダイエッティー』とかいってた。

――ダイエッティー？　聞いたことがないですね。

――コンニャク業界の広報誌だ。義理があって、断りきれんでな。

――羨ましいな。断りきれないほど仕事があるんなら、少しまわしてくださいよ。

――実は君に、相談があってな。

――はあ……。

私は身構えた。野上からの電話は、いつもろくなものじゃない。

――おれの行きつけの料理屋に、石切署の刑事をしてる馴染《なじ》み客がいて、これが作文を書いてるんだ。名前は山路啓三。おれが作家だと知って、わしの小説を添削してくれと、顔をあわせるたびに鞄の中から原稿を出してくる。おれはこのとおり忙しいし、山路の相手する暇がない。いや、もちろん、相応の謝礼は払うといってる。だから、ぜひとも君に紹介して、適切な指導を受けさせたいと、おれは考えたわけなんだ。

――で、先輩は、その作文を読んだことは。

――推理小説だ。けっこう、しっかりした文章だった。

――その、謝礼というのは、いくらくらいなんでしょう。

――それは君、阿吽《あうん》の呼吸というやつだろう。生徒の顔を見て請求すればいい。

――分かりました。バイトのつもりでやってみます。

――よかった。あと一時間ほどしたら、山路がそっちへ行く。

――えっ、もう来るんですか。

――善は急げ。これでおれも肩の荷がおりた。

電話が切れた。私は立って、冷蔵庫から冷凍うどんを取り出した。

▼雨が降り止んで太陽が顔を出した。今日のお日様は心なしか赤かった。二宮成介警部が角を曲がると、人肉の腐った様な臭《くさ》い臭《にお》いが鼻腔を刺激した。警部は手の平で鼻を押さえて、

「遺棄死体はここだぞ」

と叫んで駆け出した。黄色の菊の花の咲いた野原の一部分が隆起しておりザクザクとした固い土を掘り起こしたら、そこにはまさに変わり果てた藤波剛造の屍蠟《しろう》と変した死体を発見したのであった。▲

私は原稿に眼をやったまま、しばらくは口をきけなかった。落ち着け、興奮するな、相手はアマチュアだ、生徒だ、と自分にいいきかす。

「――山路さん、角とはどこ、どんなところですか」

「カド、でっか……」

山路はぼんやり口をあく。小肥りで背が低く、不精髭の赤ら顔が濃紺のツイードジャケットの丸い肩にうずまっている。

「ここです。『二宮成介警部が角を曲がると、人肉の……』」

「ああ、それは建物ですがな。きれいな菊の絨毯を敷いたような丘に崩れかけの小屋があって、わしはそれをイメージしましたんや。花と小屋と腐乱死体、鮮やかな対比でっしゃろ」

山路は身振り手振りをまじえて一気に喋《しゃべ》る。

「じゃ、その小屋の情景も文章で説明してください」

「へえ、へえ、ちゃんと書きまっせ」

「人肉の腐ったような臭いって、どんなにおいです」

「そらセンセ、ものすごいもんでっせ。機会があったら、いっぺん嗅《か》いでみまっか」

「いや、いい。……それより、二宮が掌《てのひら》で鼻を押さえたのは不自然じゃないですか」

「ほんまや。ここはやっぱり、ハンカチで……」

「そうじゃなくて、鼻を押さえながら叫ぶことができますか」

「さすがはセンセ、鋭い指摘でんな」

山路は額を叩いて、さもおかしそうに笑う。「鼻声になってしまいますわ」

「それに、刑事が『遺棄死体はここだぞ』と叫びますかね」

「さんざ探してきた死体を発見したんやし、うれしいて叫びもしまっしゃろ」

「――死体を発見して、事件はどう展開するんです」

「二宮警部が捜査をして、最後に犯人を捕まえるんですがな」

「殺人の動機は」

「藤波剛造は高利貸しで、この金をヤクザが狙《ねろ》うたんですわ」

「トリックと、事件解決の決め手は」

「犯人のズボンの折り返しに菊の花びらが入ってましたんや。それが動かぬ証拠でんな」

もう突っ込まない。頭が破裂しそうだ。

「山路さん、あなた、現職の刑事でしょう。ネタはいくらでもあるはずだ」

「けどセンセ、実際の仕事で、そんな派手な事件にぶちあたることはおまへんで」

「事件が派手である必要はまったくない。私は地味な捜査の積み重ねにリアリティーを感じますがね」

「リアリティーね……」

山路は俯《うつむ》いて、あごをなでる。

「——ま、なにをどう書こうと、あなたの勝手だ」

私は赤鉛筆で『屍蠟と変した死体』を『化した』に書き換え、「とりあえず、この原稿は預かっておきましょう。コメントを加えて送り返します」

原稿をファイルに挟んで、腰を浮かす。そろそろ帰ってくれという意思表示だ。

山路はなおも、リアリティー、リアリティーとぶつぶついいながら顔をもたげ、「よっしゃ。あれ、書いたろ」と、手を打つ。

「えっ、まだ書くつもりですか」

「あたりまえでんがな。わしゃ、昔から、調書の山ちゃん、と呼ばれて、わしの作成する実況見分調書は文学の香りがするという評判なんでっせ」

「文学の香り？　例えば、どんな内容です」

「実際の現場状況に、ちょぼっと主観を盛り込むんですわ」

山路は椅子に浅く座りなおした。「——被害者居住の白菊荘は、南海の珊瑚礁のようなライトブルーの瓦葺《かわらぶ》きの、木造二階建の古めかしいアパートであった。ギシギシと軋《きし》む階段をあがって、アラベスク文様のリノリュームタイルの廊下を進めば、共同便所の真向かいに二号室があり、黄ばんだ名刺を張った粗末なドアが丸山角夫の部屋であった。居室は八畳であるのに、なぜか長方形で、これは畳の寸法を恣意的に変更したことに起因するためではなかろうか。侵入者が割ったのであろう、窓のガラスが割れ、冷やかな風がそよそよと吹き込んでいた……」

得意気に山路はいい、「どないです、文学の香りがしまっしゃろ」

「すばらしい。情景が眼に浮かぶようです」どうにでもしろ。

「来週の水曜に、また来まっさ。十枚ほど書いてね」

——山路が出ていったあと、私はもらった封筒の中をあらためた。千円札が三枚、入っていた。

2

天高く馬肥ゆる秋。十月十二日の空は澄み渡り、鳶《とび》が心地よさそうに紺碧の空を飛翔している。大阪府警河南署刑事課捜査一係長の川上啓一郎警部はインスタントコーヒーを二杯飲んで新聞を読んでショートピースに火を点けた時に電話の呼び出し音が刑事部屋に響き渡った。川上警部が通話口に緑色の脱臭剤の付いた黒い送受器を耳にあてたら、警電を掛けて来たのは平尾派出所の坂田清巡査であった。

「はい、捜査一係だ」

「平尾派出所の坂田と申します。新田口《しんでんぐち》の枡ノ池の畔《ほとり》に大型セダンが放置されているのですが、状況が不自然なのです。フロントガラスが割れてナンバープレートが外されているのです」

「君、それは放置車じゃないのかね」

と川上警部は坂田巡査に注意をした。

「お言葉ですが違います。車は最新型の『キントウン』のパレスサルーンでフロントガラスの他には傷も汚れもありません」

「車検証を見なさい。持ち主が判明するはずだ」

「あいにく車検証が見あたらないのです」

「盗んだあげくにガス欠になって棄てたんじゃないのかね」

「仰有《おっしゃ》る通りかも知れませんが、一度見分して頂けませんか」

「了解。現場に急行しよう」

川上警部は送受器を下ろして隣の席で紅茶を飲んでいる徳永に言った。

「徳永君、出動だ。三階の鑑識課へ寄って、佐藤君を連れて行こう」

川上警部は椅子の背もたれに掛けていたトレンチコートを背広の上に羽織った。▲

「どうも、これはまずいですね」

原稿をテーブルに置いて、私はいった。

「――つまり、その、読ませる必要のない余計な文章が多すぎます。だから、スピード感に欠ける」

「余計な文章?」山路は口を尖らせる。「どれがそうですねん」

「十月十二日は、いうまでもなく秋です。馬が肥えたり鳥が飛んだりすることは、ストーリーに関係がない」

「――わしは季節を表現しょうと思《おも》たんですけどね」

「この川上って警部は室内で新聞を読んでるんでしょ。空を見あげてはいない」

「それはセンセ、駅から署へ歩いてくる途中でトンビを見たんですわ」

「だったら、そう書いてください」

「つまり、場所と時間を説明せないかんのですな」

山路はノートを広げて《場面と時間経過の描写》と書く。

「まだある。……インスタントコーヒーを二杯飲んだとか、新聞を読んだとか、受話器に脱臭剤がついているとか、読者にとっては、どうでもいいことです」

「そやけどセンセ、こないだは、リアリティーが大事やというたやないですか」

「緑色の脱臭剤にリアリティーはないんです」

「わしら、刑事部屋ではインスタントのコーヒーしか飲まんのでっせ」

「刑事がコーヒーを飲もうと、出がらしの茶を飲もうと、読者には関係ない。ショートピースはただ『煙草』にしたほうがいいし、電話の呼び出し音が響き渡ったというのも、表現としてはうるさい。受話器を鼻にあてる人間はいないし、警電という言葉も専門的すぎます」

「そうかな。警電にはリアリティーがあると思てたんですけどな」

「この主人公は、いちおう、あなたですよね」

「いや、川上啓一郎という警部です」

「そうじゃなくて、川上という刑事の視点で、あなたがストーリーを語るというスタイルですね」

「――そういわれたら、そういうことですかいな」

「だったら、川上警部というのはやめた方がいい。警部は管理職だから、デスクに座って捜査の指揮はとりますが、自ら訊き込みに歩いたりはしないはずです」

「けど、推理小説の主人公は、たいがい警部になってまっせ」

「それは、ま、どういえばいいのか……警部という呼称がかっこよくもあるし、捜査情報を集めやすいという利点もある。しかしながら、私はミステリーに登場する警察官をなんでもかでも警部にしてしまうという風潮が嫌いなんです」

「ああ、そうでっか。ほな、主人公は、わしと同じ巡査部長にしまっさ」

さも不服そうに山路はいう。私は気分を害したが、顔には出さず、

『キントウン』という車のネーミングはひどい。西遊記じゃないんです」

「ほんまは『クラウン』にしたかったんやけど、差し障りがおまっしゃろ」

「そんな心配はいりません。クラウンはクラウンでいいんです」

「そら、楽でよろしいな。これからは、そう書きまひょ」

「十月十二日にトレンチコートを着るのは、少し早すぎますね」

「この日は雨が降ってましたんや」

「初めに『十月十二日の空は澄み渡り』と書いてあります」

「おっと、弘法も筆のあやまりでんな」

「川上が標準語を話すのも引っかかります。大阪が舞台なんだから、登場人物には大阪弁を喋らせたい」

「そやけど、大阪弁はメジャーやおまへん。この小説が本になったときに……」

「あのね、山路さん、たった十枚しか書いていない段階で、そんな心配はしないほうがいい

んじゃないですか」

　つい口調がきつくなる。この私でさえ、新幹線に乗って東京へ行き、あらゆるツテを頼んで編集者に会い、平身低頭して原稿を読んでもらっているのだ。メジャーだ、リアリティーだと、賢《さか》しらをいうのは十年早い。刑事が素人の手習いでミステリーを書けるのなら、空き巣や痴漢にだって犯罪小説は書ける。

「センセはどこの出身ですねん」

「愛媛です。愛媛の松山」

「大阪へ来はったんは」

「幼稚園のときだけど……」

「それやったら、センセはなんで伊予弁と大阪弁を喋らんのです」

「──わ、私はプロのライターです。平素から正しい日本語を使わなきゃいけない」

「ほな、なんでっか、大阪弁は正しい日本語やないんでっか」

「私はそんなことはいっていない。台詞《せりふ》は大阪弁、地の文は標準語を使うべきだといってるんです」

「へえ、へえ、まことにおっしゃるとおりで、わしは感服しちゃいましたね」

　山路は首の後ろをなでながら、「ほなセンセ、書き出しはどんなふうにしたらよろしいんでっか」

「まず、結論というか結果を書いて、それから説明を加える。そういう文章がスピードとめりはりを感じさせるんです」

「そないいわれても、わしには理解できまへんな」

山路は眼鏡のフレーム越しに私を見あげる。「いっぺん、センセのいわはるように書き直してみてくれまへんか」

――この狸、私を試そうとしている。

「しかし、いったん手をつけたら、ちょっとした訂正じゃ済みそうにない」

「かまいまへん。徹底的に直してもろてもけっこうでっせ」

「分かりました。やってみましょう」

私は原稿の束を持って立ちあがった。

「パソコンを使いますが、小一時間はかかりますよ」

「けっこう、けっこう、何時間でも待ちまっせ」

山路はにやりとして煙草をくわえ、「張り込みはわしの稼業でっさかいな」

ポケットから金張りのライターを出して火をつけた。


【刑事部屋に入るなり、川上は係長に呼ばれた。平尾の新田口へ行けという。

「枡ノ池の畔や。そこにフロントガラスの割れた車が放置されてる。……いや、廃車でもないし、事故でもない。どうも状況が腑に落ちんのや」

車は最新型のクラウン。ナンバープレートが外されていて、車検証もない。だから、盗んだ車を売り飛ばすのが目的ではなく、乗りまわしたあげくにガス欠で放置したというのでもないらしい。

「念のため、鑑識をひとり、同行してくれるか」

「了解。すぐに走りますわ」

川上は徳永を連れて部屋を出た。駐車場で鑑識の佐藤を待ち、ライトバンに乗った。

「枡ノ池は、北亀山古墳の近くですね。あの古墳、来月から発掘するそうです」

ひとつ欠伸をして、徳永がいった。

「徳ちゃん、興味あるんか。遺跡とか発掘に」と、佐藤。

「ないけど、新聞に載ってました」川上も欠伸をした。

現場には十五分で到着した。

雑木が生い茂って稜線のはっきりしない古墳、水面にびっしり浮き草の繁茂したひょうたん形の池。古墳と池を隔てる二車線の府道に白のクラウンが駐められ、そばに制服警官が立っていた。老人が二人、古墳のふもとのれんげ畑に腰をおろして、煙草をくゆらしている。散歩帰りの野次馬だろう。

川上は車を降り、警官に歩み寄った。まだ二十歳すぎの新人だ。同じ河南署だから、顔に見覚えはある。川上は警官に事情を確認し、見分に取りかかった。

クラウンはフロントとリアのナンバープレートがなかった。フェンダー、ボンネット、ドア、トランクリッド、バンパー、サイドウィンドー、リアウィンドー、タイヤ、ホイール——。フロントガラスを除いて、車体の外回りには傷も汚れもなく、塗装面は磨きあげられている。

フロントの合わせガラスは運転席の前部を中心にして放射状にひびが入り、そのひびの中心部が、車内から衝撃を加えたらしく、外に盛りあがっている。ガラスの小さなかけらがボンネットフード上に散っていた。

「内側からガラスを割ったというのが気に入らんな」徳永にいう。

「これが衝突事故なら、ドライバーが頭を突っ込んだということになるんでしょうけどね」

徳永も首をひねる。ガラスには頭髪も血痕も付着していない。

川上はサイドウィンドー越しに車室をのぞいた。デジタル表示のインパネ、革張りシート、グローブボックスが開いて中が空になっている。キーは見あたらず、ドアロックはされていない。

指紋が付かないよう、指にハンカチを巻いてそっと助手席のドアを開けた。かがんで車室内に上体を入れる。

「うっ……」異臭が鼻をついた。腐臭でもなく薬品臭でもない。

そう、尿のにおいだ。顔を近づけると、ドライバーズシートの座面にラグビーボール大の染みがついている。わずかに便のにおいも混じっているような気がした。

「どういうこっちゃ」徳永に訊いた。

「さあ……。まさか、大小便漏らしたから車を捨てたとも思えんし……」

「とにかく、車の所有者を洗うんや。車体ナンバーを控えてトヨタのディーラーに照会してくれ」

川上は徳永に指示し、佐藤を呼んだ。

「車を署に牽引する。それまでに、面倒やけど、指紋採ってくれるか」

これは犯罪がらみだ。刑事のカンにぴんと響くものがある。】

「——なるほどね。小説家というのはこんなふうに書くんでっか」

プリントアウトした私の原稿を手にして、山路はいう。人して感心したような表情でもない。「けど、センセ、枡ノ池はひょうたん形やおまへんで。浮き草も繁ってまへんがな」

「枡ノ池付近の情景描写がなかったので、適当に作ったんです」

「れんげというのはセンセ、春に咲くんやないんでっか」

「いいんです。私は、花が咲いていたとは書いてない」少し、うろたえた。

「煙草を吸うてた野次馬は、学校サボッた中学生でっせ」

「そんな細かいことにこだわる必要はないんです」

「この、『欠伸《ケッシン》』というのはなんでんねん」

「あくび、です。パソコンでルビを打つのは面倒なんでね」

いちいち腹が立つ。「プロットは……あらすじは、結末までできているんですか」

「そら、センセ、このストーリーはノンフィクションやさかいね」

「ノンフィクション？　こんなニュース、ありましたっけ」

「もう十年以上前の事件ですわ。……けったくそわるい。わしはこの事件を担当したせいで、一係から盗犯係に飛ばされましたんや。この小説には、わしの恨みがこもってますねんで」

他人《ひと》の不幸はおもしろい。俄然、興味がわいた。

「クラウンのフロントガラスは、なぜ外側に盛りあがってたんです」

「へへ、それは秘密。これからのお楽しみでんがな」

山路は両膝に手をあてて立ちあがった。「次の水曜日。今度は二十枚ほど書いて持ってきまっせ」

3

川上と徳永はクラウンの写真撮影を終え、牽引して河南署にもどった。車体ナンバーは近畿一円のトヨタのディーラーに通知され、所有者の照会依頼がなされている。車両の販売と登録の記録はコンピューターに入力、管理されているから、所有者は容易に判明するだろう。

川上は署の近くの蕎麦屋で遅い昼食をとった。食べ終わって一服吸いつけたところへ、徳永が顔をのぞかせて、ファクスが入ったという。川上は刑事部屋にとって返した。

ファクスは生野区勝山南の、トヨタオート阪神、生野店から発信されたもので――車体ナンバーＡＨ―５９０４３＊＊、登録ナンバー３３―２８＊＊の車両所有者は、大阪市生野区新今里九―五―三〇五、桜田雅彦(39)――とあり、電話番号も付記されていた。

「主任、どないします。連絡とってみますか」徳永がいう。

「いや、待て。先に桜田の情報をとろ」

川上はディーラーに電話をかけて、当該のクラウンを桜田に売った担当者を呼び出してもらい、桜田雅彦について、いくつか質問をした。

――はい、そうです。職業は存じません。商談でお会いしたのは三回で、ウィークデーの昼間でした。服装は派手な格子柄のジャケットやラフなセーターです。話しぶりと服装から、組関係かもしれないという気はしました。お支払いは、旧型のクラウンを下取りにして二百万円の頭金に充て、残り二百二十万円をローンにしていただきました。ご自宅は京和レジデンスというマンションですが、お部屋へあがったことはございません――。

慇懃な応答だった。川上は要点をメモし、受話器を置いた。

「ますますもって怪しからんな。桜田は堅気やないみたいやで」

いいながら、桜田の電話番号を押す。

電話はつながらず、コール音が鳴りつづけるばかりだった。

「生野へ行ってみましょ。桜田のマンションへ」

徳永はいまにも署を飛び出そうと、じりじりしている。

「急くな。まだ具体的な犯罪事実があったわけやない」

そう。現状況は、桜田雅彦という三十九歳の男の車が郊外のため池のそばに放置されていたというだけだ。封印を壊してナンバープレートを取り去ったことは道路運送車両法の罰則対象になるだろうが、それはあくまでも軽微な違反だ。

「クラウンや。もういっぺん調べてみよ」

川上は立ちあがった。徳永の不服そうな顔。

主任は優秀や。けど、慎重すぎて歯がゆいときもある。――半年ほど前だったか、酔った徳永が同僚にそんな愚痴をこぼしたと、川上は洩れ聞いたことがある。拙速より巧遅、川上は自分に言い聞かせたが、けっこう不愉快な思いはした。

徳永を連れてガレージに入ると、佐藤がクラウンのトランクに頭を突っ込んで指紋を採取していた。足音に気づいて振り返る。

「ああ、ちょうどいいときに来はった」

佐藤は腰を伸ばした。丸刷毛を車のルーフに置いて、「血痕らしきものがありました。運転席のシートと右のセンターピラーに付着してます」

作業台の上の小型ライトを取り、ドライバーズシートの背もたれに光をあてる。

川上は淡いグレーの革張りシートに顔を寄せた。尿のにおいが鼻を刺す。

背もたれの上縁、ヘッドレストの右下に、コーヒーをひと刷けしたような薄い染みがあった。染みは大人の拇指ほどの幅と長さで、左の方がかすれている。センターピラーの染みはあずき大だった。

「さっきは気がつかなんだな。これはほんまに血か」佐藤にいう。

「まずまちがいないと思います。指紋採取が終わったらルミノール検査をしてみます」

「付着した血を拭き取った痕やな」

川上は車内で起こったであろう状況を脳裡に描いた。男、頸、ロープ……。

「それ、貸してくれ」

小型ライトを受け取った。ダッシュボードを照らすと、上面に小さな二つの擦過痕。一部に微細な砂が嵌入している。「――こいつはどうも、頸を絞められたみたいやな」

「へっ……」徳永が眼を見ひらく。

「運転席に座ってた人物は後ろから頸を絞められた。被害者はもがき苦しんでダッシュボードを蹴り、靴でフロントガラスを突き割った。被害者は窒息し、大小便を漏らした。鼻血も出た。犯人は意識のなくなった被害者を外へ引きずり出し、シートとピラーに付いた血を拭き取った。被害者をどこかへ始末したあと、グローブボックスの車検証を抜き、ナンバープレートを外して逃走した。……と、こういう筋書きで、すべての説明がつく」

「なるほど、主任のいうとおりや」

徳永はうなずいて、「すると、死体は枡ノ池か北亀山古墳ですね」

「被害者が死んだかどうかは分からんで」

川上はあくまで断定を避ける。慎重すぎてどこがわるい。「それに、犯行現場が新田口であると決まったわけやない。あそこはただ車を棄てただけの場所かもしれん」

「そうか。桜田雅彦は殺されたんや」

徳永はどうしても事件にしたいらしい。これが殺人なら、河南署刑事課が手がける二年ぶりの大事件となる。

「徳ちゃん、早とちりしたらあかんで。桜田は加害者かもしれん」

「行きましょ、主任。生野へ」

「まあ、待て。上に報告してからや」

川上はガレージを出た。係長の安井に事情を説明すると、車室内の血痕の種族判定検査を行い、それが人血であると断定され次第、新田口付近の捜索にかかるといった。

川上と徳永は生野区新今里の京和レジデンスへ向かった。

近鉄今里駅から南へ歩いて十分、平野川分水路をまたぐ妙法橋のたもとに京和レジデンスはあった。八階建、シルバーグレーのタイル外装、川上と徳永は煉瓦敷きのポーチを抜けてエントランスホールに入った。メールボックスを見て、三〇五号室、桜田雅彦の名を確認する。

「ここ、ホステスマンションですね」徳永がいう。

「水商売が多いみたいやな」

メールボックスの名前は、半分以上が女だった。ここから鶴橋へはタクシーでワンメーターだ。深夜、ミナミから帰っても二千円以内だろう。

三階五号室。インターホンのボタンを押した。応答なし。電気メーターの回転板はゆっくり動いている。ドアは施錠されていた。

川上は四号室のドアをノックした。ここも留守。六号室をノックすると、赤い髪の女性が眠そうな顔をのぞかせて、マンションの管理会社――アーバン実業生野支店――と、その電話番号を教えてくれた。

「わし、連絡をとりますわ」

徳永が階段を降りていった。

「桜田さんは、家族はいないんですかね」女性に訊く。

「女の人や子供の声は聞いたことないし、たぶん独りやと思います」

「桜田さんがクラウンに乗ってるのは」

「そんなん知りません。口もきいたことないんです」

「五号室に組員風の男が出入りしてるようなことは」

「さあ、見かけたことないですね」

あれこれ質問したが、めぼしい情報は得られなかった。一礼し、六号室を離れたところへ、徳永がもどってきた。アーバン実業の担当者が桜田の賃貸契約書を持ってこちらへ来るという。


「センセ、京和レジデンスの玄関はガラスの自動ドアでっせ」

勝手に省略してもらっては困る、といいたげな山路の口調が私をいらだたせる。

「あなたの原稿は、『川上と徳永は煉瓦のポーチを通り抜けた。紫がかった半透明のガラスの自動ドアがジジーッと左右に開いてホールに入った』となっています。……自動ドアが上下に開きますか」

「………」山路は悔しそうに口をつぐむ。

「それに『トウモロコシみたいに艶のない髪を梅干し色に染めた女が眠そうな面持ちで』と

いうのもおかしい。『面持ち』というのは、不安げな、とか緊張した、というニュアンスの形容を受ける言葉であって、眠そうな面持ちとか、うれしそうな面持ちという表現はまちがいなんです」

「センセ、ほんまに細かいな。ネズミ年でっか」

「ウマです」

「ほな、今年が本厄や。赤いシャツ着て若作りしてるわりには、齢食うてまんな」

うるさい。余計なお世話だ。あんたはそろそろ六十じゃないか。

「ともかく、つづきを読んでください。他人の原稿を直すのは大変なんだから」

【アーバン実業の担当者は小畠という若い男だった。桜田の入居契約は一昨年の三月、間取りは2DKで、家賃は十二万三千円だと愛想よく答える。

川上は賃貸契約書のコピーを手にとった。
＊本籍―愛媛県越智郡吉海町大字名駒乙一四。
＊住所―旭区高殿八ノ五ノ二三　春日コーポ七。
＊勤務先―寿証券株式会社（中央区北浜六ノ二七）。
一見、女性が書いたような柔らかい字が並んでいる。達筆といってもいい。

「契約のとき、勤務先の確認は」

「はい。簡単な確認はします」

「徳ちゃん、係長に連絡や。桜田の勤務先を知らせて、何人か遣るようにいうんや」

「了解。北浜の寿証券ですね」

徳永は走っていった。

「入居者の車はどこに駐めてるんです」小畠に訊いた。

「裏にパーキングがあります。桜田さんはDの区画で車庫証明をとってます」

「ところで、小畠さんにお願いなんやけど……」

川上は頭をさげた。「この部屋に入らせてもらうわけにはいきませんかね。……いや、大した手間はとらせません。小畠さんに立会いしてもろたら、こちらとしても助かりますし、もちろん、便宜をはかってくれたことは、いっさい口外しません」

ここで小畠に断られると面倒なことになる。地裁に請求して捜索令状をとらなければならない。

「そんな、かたくるしいことはやめてください」

小畠はあわてて手を振った。「ただし、部屋に入った途端、桜田さんが帰ってくるようなことはないでしょうね」

「それは絶対にありません」

断言したが、可能性はある。桜田が死んだという事実もなければ、誰かを傷つけて逃走し

たという確信もない。小畠には、桜田が車の中で襲われて自傷したらしいとだけ話してある。】

「このあと、川上と徳永は桜田の部屋を捜索したんですよね。……必要なのは、郵便受けに三日前からの新聞がたまっていたという記述だけで、捜索のようすは箇条書きでいいんじゃないですか」

山路の原文はだらだらと長い。寝室のテレビはBSを装備しているのに受信料を払っていないようだとか、ダイニングボードのヘネシーやレミーが封を切ってないのは、見栄だ、飾りだと、どうでもいい描写が多すぎる。

「——『捜索の結果、部屋を荒らされた形跡はなく、血痕、遺留品など、犯行をにおわせる物証は発見されなかった』と、簡潔な説明でいいと思います」

「はい、はい、センセがそう書けといわはるんやったら、わしはそう書くことにやぶさかではおまへんで」山路はぷいと横を向く。

「しかしながら、地裁に請求して捜索令状をとらなければならないというところは勉強になりました。現職ならではのディテールです」つい、機嫌をとってしまう。

「へへ、わしゃ、リアリティーには自信がありまんねや」

山路は鼻を鳴らして、「どないですセンセ、この小説、おもしろいでっか」

「ええ。まあね……」だめだといって逮捕されても困る。

「小説の印税いうのは、何パーセントほどもらえますねん」

「さあ、普通は十パーセントでしょう」

「ほな、一冊千五百円として、十万部売れたら、わしの懐には千五百万。……わし、本は東京の出版社から出したいでんな。新聞社でもよろしいわ」

「あ、そう」

「その暁には、あとがきにちゃんとセンセの名前を出しまっせ。……拙作を上梓《じょうし》するにあたり、大阪在住の推理小説家、麩所オサム氏より多大なるご指導ご鞭撻《べんたつ》をいただきましたことを衷心より感謝いたします、とね」

「はは、上梓でも下賜でも、ご自由に」

「センセ、怒った顔してまんな」

「これが地《じ》なんです」

「センセみたいなエラの張った顔、犯罪者に多いんでっせ」

「――頭が痛い。申しわけないが、今日はこれくらいにしてもらえませんか」

「また来まっさ。来週の水曜にね」

山路は冷めた茶を飲みほし、腰をあげた。

私は野上に電話をかけた。

――おう、このあいだは無理いったな。山路くん、よろこんでたぞ。

――今日もここへ来ましたよ。毎週、原稿を見せにくるんです。

――ほう、熱心じゃないか。

――先輩は、山路の原稿を読んだことがあるっていいましたよね。けっこう、しっかりした文章だったといいましたよね。

――あっ、そんなことといったかな。

――人肉の腐った臭《くさ》い臭《にお》いが鼻腔を刺激するんです。屍蠟と変したゾンビが脱臭剤を持って墓の中から出てくるんです。天高く馬肥ゆる空にはアラベスク文様の觔斗雲《きんとうん》が舞い、白菊荘は南海の珊瑚礁にあって、丸山角夫の部屋は八畳なのに長方形なんです。そこには、トウモロコシ頭の眠り女がいて……。

――お、おい、大丈夫か。

――すみません。つい、興奮してしまって。

――気をしっかり持て。いつの日か、君もベストセラーが書ける。

――先輩は山路の友達でしょう。面倒をみてくださいよ。

――おれは忙しい。『躁鬱』のエッセイと、短編を一本、今週中に書かないといけないんだ。

——短編はどこの依頼です。
——ちょっとした雑誌だ。『心太くん』とかいってた。
——シンタくん？　風変わりな雑誌ですね。
——トコロテン業界の広報誌だな。義理があって、断りきれんでな。
——じゃ、来週だったら。
——駄目だ。来週は『月刊ガンモ』の締切りがある。
——分かった。分かりました。もう頼みません。
受話器を置いた。野上の生家が豆腐屋だということを、そのときやっと思い出した。

4

▼　川上刑事と徳永刑事は京和レジデンスの三〇五号室の桜田雅彦の部屋の捜索を終わった。部屋を荒らされた形跡は見当たらなくて、血痕や遺留品などの犯行を示唆する物証は発見できなかった。そして訊き込みを開始したら京和レジデンスの住人は水商売の女が多いので、昼間はみんな部屋でテレビを見たり昼寝をしたりしてる女が多かった。川上はフーっとためいきをついて徳永を叱咤激励した。
「たかが訊き込み、されど訊き込みだ。捜査の初心を忘れたらあかんぞ」

「はい主任、僕も頑張ります」

川上と徳永は空腹をものともせずに午後七時過ぎまで事情を聞きまくったが、奮励努力の甲斐もなく目欲しい手掛かりはなかった。やがて夜の帳《とばり》が更けてどこからか知らん金木犀の仄《ほの》かに甘い香りが漂ってきた。

「徳ちゃん、帰ろうか」と川上は言うと、徳永がホッとしてうなずいた。

「九時から捜査会議やから饂飩《うどん》でも食って帰ろう」

川上は麺類が大好きである。とりわけ少し甘めに煮た油揚げが乗ったきつね饂飩が大の好物である。だから今里駅前の饂飩屋の提灯を見つけるや否や縄暖簾を潜って――。▲

「どうも、まだスピード感に欠けますね」

「そうかな。結論を先に、説明をあとに……。センセのいいつけは守ってまっせ」

「訊き込みの結果、手がかりはなかったんだから、詳しい記述はいりません。『たかがなんとか、されどなんとか』という陳腐な表現はやめてください」

「センセの感覚が分からん。わし、このいいまわしが気に入ってますねんで」

「まだある。『まくる』という言葉も下品です。事情を聞きまくる、電話をかけまくる、……神経を逆なでするでしょう」

「そんな重箱の隅つつくようなことばっかりいうてたら、小説なんか書けまへんがな」

じゃ、やめなさいよ。くそおもしろくもない。毎週たった三千円の授業料で、あんたの下手な原稿をどんなに苦労して書き直してると思ってるんだ――。

「たとえ一行でもいい、こちらがハッとするような感覚を見せてくれませんかね。汚名を挽回してくださいよ」

「センセ、いまの言葉はおかしいな」

「えっ、なにが……」

「汚名は返上するもんで、挽回するもんやおまへん。名誉挽回、汚名返上という具合に使うんですわ」

「……」

「センセ、顔色がわるい。しんどいんでっか」

「――こう見えてもね、体が弱いんですよ」

「へーえ、顔は強いのにね」

一瞬、眩暈《めまい》がした。

【　川上と徳永は京和レジデンス三〇五号室の捜索と居住者の訊き込みを終えて署へ帰り、二階会議室に入った。午後九時。副署長、刑事課長以下、十二名の捜査員が出席し、捜査会議がはじまった。

「――抗ヒトグロビン沈降反応検査の結果、クラウンの車室内に付着していた血痕は人血であると判定されました。血液型はA。これは桜田雅彦の血液型に一致します」

「桜田の経歴、身辺について報告してくれ」

副署長が訊いた。刑事課長の江藤はノートを繰って、

「昭和二十八年九月十七日、兵庫県西脇市坂本で出生。三十九歳。地元県立高校を卒業後、京都市の洛西経済法科大学に入学し、二年で同大学を中退。その後、教育機器販売会社、機械部品卸会社を経て、昭和五十三年、大阪北浜の丸銀証券に入社。営業部に所属。五十九年に同社を辞めて、寿証券の歩合外務員になる。……と、以上です。前科前歴はありません」

「桜田の名前、本部四課のリストには」

大阪府警捜査四課は暴力団捜査を担当する――。

「載ってません。……ただし、外務員仲間の話では、桜田の顧客は組関係者が多いということです」

「歩合外務員とはなんや」

「いわば、契約社員です。証券会社にデスクと専用電話を置いて、自分の顧客だけを相手に株取引をする。寿証券は売買手数料の四割が歩合外務員の取り分になるそうで、桜田の場合、バブルの最盛期には、月収が三百万近くあったみたいです」

江藤はいちいちノートをのぞき込んで答える。発言に正確を期しているのではなく、しっ

かり捜査を進めておりますと、アピールしたいだけなのだ。

「で、そのバブルがはじけてしもた。桜田は極道連中に追い込みかけられてるということか」

「桜田が丸銀証券を辞めたんは、『任せ』という一任勘定取引や、手張りが明るみに出たためです。寿でも同じようなことをしてたにちがいありません」

「分かった。寿証券の捜索は」

「明日の朝から取りかかります。わたしは桜田の顧客を特定するのが犯人を挙げるいちばんの早道やと考えます」

「桜田の自宅の捜索と訊き込みはどないなっとるんや」副署長が訊いた。

「それも、明日の朝から鑑識を入れて、指紋採取、各種斑痕検査をする予定です」

「面が欲しいな、桜田の」

「面はあります」

江藤はノートのあいだから写真を取り出し、各捜査員に配る。川上がアルバムから十枚選んで持ちかえったものだ。

「こら、どう見てもまともな勤め人やおませんな」一係の捜査員がいう。

パンチパーマに薄く色のついたメタルフレームの眼鏡、狭い額、細い眉、頬のそげた険しい顔はヤクザにしか見えない。

「この女は」副署長がいった。

「桜田のこれやと思います」江藤は小指を立てる。

厚化粧のホステス風、三十すぎの小柄な女だ。どこか湖畔のロッジで、桜田とふたり並んで写っている。桜田とは情交関係があるらしく、持ちかえりはしなかったが、裸にバスタオルを巻きつけた写真や、スリップ一枚でしどけないポーズをとっている写真もあった。

「よっしゃ。女を引いて事情を聞くんや」

副署長はうなずいて、「――新田口の方の捜索はどんな状況や」

「枡ノ池にゴムボートを出して、底を浚うてます。北亀山古墳に土を掘り返したような痕跡はありません」

「ちょっと、よろしいですか」

川上は手をあげた。「わし思うに、クラウンのフロントガラスが割れた地点と、車の放置場所は離れてるんやないでしょうか」

「ほう、そらどういうこっちゃ」江藤が訊く。

「クラウンのボンネットに散ってたガラス片ですけど、その大半は三ミリ角以上の破片でした。粉になったような小さい破片が見つからんのは、風と振動に吹き飛ばされたためで、それはつまり、ガラスが割れてから何キロか、車が移動したと考えたいんです」

「すると君は、犯人がフロントガラスの割れた車を運転したといいたいんか」

「そうです。……犯人は犯行現場で桜田を車外に引き出し、遺棄したあとで、枡ノ池までクラウンを移動させたんです」

「しかし、なんでわざわざ、そんなややこしいことするんや。死体は枡ノ池に放り込んだらええやないか」

「犯人は車のナンバープレートを外し、車検証を持って逃走しました。それだけの手間暇かけて犯罪の湮滅工作をするようなやつが、すぐ足元の池に死体を沈めるてな安易な始末をするとは思えません」

「さすが、川上主任は優秀や。見てきたような推論を述べてくれる」

江藤は厭味たらしく声高にいう。職人肌の川上が嫌いなのだ。「わしは君の説に反対や。わしが犯人なら、犯行後にガラスの割れた車を運転するやて、危のうて仕方ない。どこでパトカーに停められるや知れん」

「それは確かにそうですけど……」

「君のわるい癖や。簡単なことがらを複雑に考えすぎる。これが殺人事件で桜田が被害者であれば、死体は必ず枡ノ池か北亀山古墳で発見されるはずや」

江藤がいらだたしげにいって腕を組んだとき、ノックがあって、鑑識の佐藤が部屋に入ってきた。

「なんや」安井が声をかける。

「クラウンのトランクルームから覚醒剤を検出しました」

遠慮がちに佐藤はいう。「今朝、トランクに微量の白色粉末が付着しているのを採取したんですが、分析の結果、アンフェタミンであることが判明しました」

「くそっ、桜田はシャブまでやってたんか」

江藤が吐き捨てる。「こいつはいよいよマル暴やな。シャブの取引のもつれと株損失による殺し……。図式が見えてきた」

「よし、分かった。新田口の捜索、桜田雅彦の金銭交遊関係、覚醒剤関連捜査、この三つを基本にして事実を洗い出してくれ」

最後に副署長が発言して、長い会議を締めくくった。】

「これは個人的な質問ですが、川上が職人肌の刑事だというのはほんとうですか」

「そう。ここに書いてあるとおりでっせ」山路は煙草のけむりを吹きあげる。

「ガラスの破片の大きさで、クラウンが移動したと読むところは鋭い。これはほんとにあなたの意見だったんですか」

「なんでんねん。わしが職人肌で、鋭い意見を述べたらおかしいんでっか」

「いや、あまりに意外だったから……」

ひとは見かけによらないものだ。「あなたは江藤が嫌いなんですね」

「この刑事課長、ほんまの名前は伊藤博巳いいまんねん。昔の千円札みたいな大そうな名前やけど、こいつがほんまにうっとうしいやつでね。わしゃ、なんとかして伊藤の鼻をあかしたろと思てますんや」

「すると、あなたが盗犯係に飛ばされたというのは」

「伊藤のアホタレノータリンのさしがねでんがな」

「なるほど。この原稿は私怨の産物なんだ」

「私怨も公憤もありまっかいな。わしゃ、とにかく、伊藤が嫌いでんねん」

山路はこぶしを振りまわす。「えーい、くそ、思い出したら腹立ってきた。今日はもう帰りまっせ」

5

▼ 十月十三日は朝から良いお天気であった。川上は京阪電車の北浜駅で電車を降りて寿証券ビルへ向かう道すがらふと空を見あげると、枝垂れ柳の並木越しに一筋の鰯雲がまるで群青色のカンバスに肌理《きめ》こまかい純白の泡を吹き付けたように軽やかに浮かんでいた。
「ふむ、今日は是が非でも事件解決への手掛かりを手に入れるぞ」

と川上は独り言のようにつぶやいて左腕のオメガを一瞥し寿証券に足を踏み入れた。▲

「山路さん、あなた、書き出しはいつも天気の描写ですね」

「枝垂れ柳に一筋の鰯雲、文学的でっしゃろ。鰯雲はセンセ、秋の季語でっせ」

「ところで、この原稿、インキが滲《にじ》んでくしゃくしゃになってるけど、どうかしたんですか」数枚の原稿用紙が破れて、それをセロハンテープで裏打ちしてある。

「センセ、よう聞いてくれました。……わしの家、ポッキーいう駄犬を飼うてまんねやけど、こいつがわしの留守のときに、神聖なる書斎に侵入しましてね。ほいで、わし、家に帰ったら昨日書いたはずの原稿が机の上に見あたらへん。おかしいな、風で飛んだんかいなと家中探したら、嫁はんが飯の支度してる後ろで、ポッキーのくそったれが、こともあろうに、この原稿をびりびりに破って、涎《よだれ》だらけにしてまんねん。さすがに温厚なわしも、カッとしましたな。『こら、おまえ、ポッキーが原稿をめたくそにしてんのを黙って見てたんか』と、嫁はんをどなりつけたら、『ふん、毎晩、毎晩、ご飯食べたら納戸へもぐりこんでからに。つまらん作文書いてる暇があったら、棚のひとつでも吊ったらどないやの』と、こうでんねん。『なにをぬかす。おまえこそ、毎晩どたばたとダイエット体操してるやないか。いまさら手遅れじゃ、やめんかい』と、売り言葉に買い言葉ですわ。そしたら、ポッキーのやつ、尻尾丸めて娘の部屋へ逃げてしもて、夫婦喧嘩は犬も食わんというのは、センセ、ほんまでんな」

「山路さん、ミステリーより漫才の台本を書いたらどうです」

「それよか、センセ、早よう原稿を直してくださいな」

山路はそうするのが当然といった顔で私を見た。


【十月十三日。寿証券ビルの三階、営業部別室。桜田雅彦のデスクと専用ファイリングケースから、顧客リスト、取引関係書類、フロッピーディスクなどを選別し、段ボール箱に詰めた。詳しい内容は河南署に持ち帰って検討する。

捜査員は手分けして、歩合外務員の事情聴取をはじめた。

「――はい、そうです。桜田さん、八日の木曜は夕方までここにいてました。金曜は、朝から顔見んかったし、ずっと外まわりしてるんかなと思てました。――ええ、私ら外務員は、いわば個人事業主の集まりです。いちおう、ここに籍をおいてるというだけで、横のつながりはまるでありません。桜田さんがどこでどんな営業してるか、寿の管理職も詳しいことは知らんでしょ」

桜田の左隣のデスク、福島浩一は口早に答えて、窓の外に眼をやる。金にならない話は時間の無駄といった表情だ。

「桜田さん、組関係の取引先が多いと聞いたんですけどね」川上はメモ帳を開いた。

「確かに、多いみたいです」

「あの極道ファッションは、その影響ですかな」

「朱に交われば赤くなるんでしょ」

「バブルがはじけて、客は損失を被ったんでしょうな」

「そら、四十や五十億は穴あけたでしょ。……いや、もっと多いかもしれません」

「桜田さんが組筋に追われてるとか、脅されてるとか、そんな噂は」

「それはあのひとに限りませんわ。外務員は誰でも、指落とせとか、大阪湾に沈めるとか、脅し文句を聞いたことがあります。桜田さんの場合は、とりわけ危ない客が多いようやし、ほんまに消されたとしても驚きはしません」

平然として福島はいい、指で心臓を撃ってみせる。

「桜田さん、つきおうてる女がいてるんやけど、知りませんか」

「興味がないんですよ。他人のプライバシーには」

「このひとですわ。見てください」写真を取り出し、手渡した。

「あ……」福島は眼をしばたたかせた。

「知ってますか」

「うちの〝ミディー〟です。まちがいありません」

寿証券では女性歩合外務員をそう呼ぶ。バブルの最盛期は十数人のミディーが営業部にいたが、現在は全員が契約を解除された、と福島はいう。「桜山さんがミディーとね……。まるっきり、気がつきませんでしたわ」

「人事部に記録は残ってますな」

川上は写真をメモ帳に挟んで立ちあがった。

——四條畷市岡山東七—三四—六、村野弘子（31）。それが女の名前だった。


ＪＲ片町線忍ヶ丘駅、高架ホームから周囲を望むと、東西に対照的な町並みが広がっていた。東は駅前開発だろう、真新しいビルが建ち並び、西には瓦屋根の民家が軒を連ねている。川上と徳永は東口の商店街を抜け、生駒山系の山裾に向かって歩きはじめた。

「村野、家にいてますかね」

「さあ、どうやろ。勤めに出てるとは思うけどな」

村野弘子には離婚歴がある。子供はおらず、寿証券へは実家から通っていたらしい。

駅前からちょうど十分、養護老人ホームの裏手に村野家はあった。漆喰の剝げ落ちた土塀に板壁の母屋、戦後すぐに建てられた農家だろう。梁の低い門をくぐって、中庭から玄関へ入った。

奥に向かって徳永が声をかけると、返事があって、モスグリーンのカーディガンをはおった女性が顔を出した。ソバージュの髪、切れ長の眼、村野弘子だ。

「すんません。突然押しかけて申しわけないんやけど、ちょっと話を聞かしてもらえませんかな」

川上は手帳を見せた。「――実は、桜田雅彦さんが失踪したんです」

「あの、ここでは……」

奥を見やる弘子の頬がこわばっている。

「よかったら、表へ出ませんか」

弘子を誘って外へ出た。用水路脇の道を並んで歩きながら、川上は事情を話した。

「――クラウンの車内の状況や、桜田さんの職業を考えあわせると、これはどうも、桜田さんは殺されたんやないかという疑いが濃くなりましてね」

「そうですか……」弘子は唇を噛む。

「桜田さんの失踪について、心あたりは」

「ありません……」

弘子は小さくかぶりを振った。「彼には、もう半年ほど会ってないんです。たぶん、二度と会うことはないと思ってました」

「ほな、別れたんですか」

後ろから、徳永が訊いた。

「はっきりした別れ話はなかったけど、私はそのつもりでした。彼の方からも連絡はなかったし……」

「男と女の仲て、そんなもんですかね」

「ふたりとも、結婚する気はなかったんです。これが自然の成り行きです」

老人ホームのゲートボール場。藤棚の下のベンチに腰をおろした。

川上は煙草を吸いつけて、

「桜田さんとは何年のつきあいでした」

「そんなに長くはないんです。三年くらいでした」

「高額な品物を贈られたとか、金の貸し借りなんかは」

「お金なんか、もらってません」

弘子はキッとした。「私、愛人とちがいます」

「すんませんな。わしら、気に障ることも聞かなあきませんねん」

「ごめんなさい。つい、きつい言い方をして」

「お手間をとらせて、すんませんでした」

煙草を踏み消した。「なにか思い出すようなことあったら、署に電話してください」

弘子に名刺を渡して、ひとつ大きな伸びをした。】

「この弘子って女性は美人なんですか」

「けっこう男好きのする顔をしてましたな」

「体は」

「グラマーでっせ」

山路はにやりとして、「センセも好きでんな」

「そうじゃなくって、この女性は紅一点なんだから、もう少し色気があってもいいかなと思って」

「ほな書きまひょか。……煽情的な瞳、肉感的な唇、村野弘子は思わず押し倒したくなるほどの美人であった」

「あなた、そんな発想しかできないんですか」

「冗談でんがな。センセ、ほんまによう怒りまんな」

ケケッ、と山路はあごを突き出して笑う。食えない男だ。

「そういや、センセはまだ独身でしたな。どこか、わるいんでっか」

「どういう意味です」

「別に意味はおまへん」

「本題にもどりましょう」

私は山路の原稿を広げた。「このあとの展開で、『押収した桜田の書類を調査したところ、十月五日から七日にかけて、一任勘定の取引客十二人の口座から、計二億三千万円が引き出されていることが判明し、事件は桜田の拐帯した現金を狙った強盗殺人の可能性が強くなったのである』と、このあたりまでは新事実が明るみに出て、けっこう読ませるんですが、新田口の捜索、桜田の金銭交遊関係、覚醒剤関連捜査は、重複する記述が多すぎます。……つまるところ、桜田の死体は発見されなかった、顧客および組関係の捜査は行き詰まった、覚醒剤は手がかりがなかった、とこういう結果になるんだから、その部分の描写は大幅に削るべきです。訊き込みと事情聴取の場面だけでは、読者が退屈します」

「ほな、具体的には、どないしたらよろしいねん」山路は俯いて、ぶつぶついう。

「十一月二日、あなたが伊藤に……じゃなかった、川上が江藤に意見具申する場面がありますよね。あのあたりから詳しい書き込みをすればいい」

「ほんま、眠たい眼こすりながら一所懸命書いたのに、あっさり削れとはね……」

「私のアドバイスが不服なんですか、え」

「いやいや、めっそうもない。センセはなんせ、プロでっさかいな」

プロ、のところだけを、山路はひと声高く強調した。

【「桜田雅彦の追跡調査をはじめてもう二十日、いまだになんの手がかりもないということは、わし、桜田は生きてるんやないかと考えるんですけどね」川上はいった。

「ほう、突然、なにをいいだすかと思たら、えらい大胆なご意見やな」

江藤は腕組みをし、椅子に深くもたれかかった。「で、その根拠は」

「桜田がおかれてる状況ですわ。身辺を洗えば洗うほど、やばい話が出てきます」

昨日、川上が事情を聴取した『明光エステート』のオーナー、籠谷伸一は神戸真燈連合の企業舎弟だった。明光エステートは大阪でも指折りの仕手筋で、籠谷は桜田に二十億の資金を注ぎ込んでいるといった。

――わしは堅気やさかい、いまさら桜田をどうこうする気はないけど、あいつに二億、三億の保険かけて、殺してしまおという連中は何人もいてまっせ。現に、ふた月ほど前やったか、真燈連合系の組長が桜田を事務所に連れ込んで、生命保険の加入申込書を書かしよった。ところが、この受取人を組長の愛人にしたもんやから、審査にひっかかって、はねられてしもたんですわ。桜田にしたら、命拾いでんな――。

――桜田のガキは逃げくさったんや。自分は消されたという偽装工作して、タイやフィリピンあたりへ飛びよったにちがいない。あんたもわしらみたいなもんに事情聞いてる暇あったら、入管へ行って出国記録でも調べたらどないです――。

「わしは前々から、桜田が殺しを偽装したんやないかと疑うてました。保険の申し込みさせられたりして身に危険が迫ったことを察した桜田は、客の口座から引き出せるだけの金を盗んでフケたんです」

「なんと、大した想像力やな。君は桜田が車に大小便洩らしてまで、殺しの現場を作ったというんかい」

「大小便はトイレでしたんです。それをシートにこぼしたんです」

「ついでに血もこすりつけた、靴でフロントガラスも割った、シャブもトランクに撒いたんやな」

江藤は嘲るように笑う。「ほいで、君はわしにどうせいというんや」

「桜田には村野弘子という女がいてます。わしはこの女を張りたいんです」

「村野と桜田は半年前に別れたはずや。君が報告したんやぞ」

「報告はしたけど、裏をとったわけやない。この殺しが偽装なら、桜田はきっと女に会いにきます。わしは村野弘子を見て、そう思いました」

「それはなんや、君の勘か」

「そう。二十年以上これで食うてきた刑事の勘ですわ。弘子は桜田に惚れてます」

「おそれいったな。心理分析までするんかい」

「桜田は二億三千万の札束を持ってます。重さは約二十三キロ、嵩は大型トランク一個分やから、そう簡単に持ち運べるもんやない。わしがもし桜田やったら、女にレンタカーを借りさせて、それでトランクを運びます」

「よし、分かった。そこまでしつこいうんなら、好きにせんかい」

江藤は珍しく、川上の要求を呑んだ。「ただし、女を張るのは君ひとりや。援軍は出さん」

「そんなあほな……」

応援要員がないということは、張り込みを断念せよというに等しい。一日二十四時間を、それも何日に渡るか予想もつかない張り込みをたったひとりでできるわけがない。少なくとも三人は必要だ。

「確たる証拠も成算もない空論に、ただでさえ少ない人員を割くわけにはいかん。文句があるんなら、やめとけ」

「くっ……」川上は唇を噛みしめ、江藤の席を離れた。】

「――と、こんなふうに直しました」

「ほほう、けっこうでございますね」

「それで、あなたは張り込みをしたんですか」

「しましたがな。弘子の家を見通せる道路の端に、わしの軽四を駐めてね。ほんまに、ほんまに、車の中に毛布やポット持ち込んで、朝の七時から夜の十二時まで、たったひとりの遠張りを五日間もつづけたんでっせ」

「弘子は家にじっとしてましたか」

「毎日、昼すぎになると、近所の市場へ買い物に出ましたな。……張りをかけた二日目に、弘子が市場の前の電話ボックスに入ったことがあって、わしは桜田に連絡とりよったと確信したんですわ」

「携帯は記録が残るから、かけにくいんだ」

「わしの読みは的中しました。来週はいよいよ解決編でっせ」

山路は原稿の束をバッグにしまった。「センセも楽しみでっしゃろ」

「ほんと、うれしいですね」

私は拍手した。やっと山路にさよならできる。あと一回の辛抱だ。

6

張り込みをはじめて五日目、村野弘子が家を出た。濃紺のジャケットに白のタイトスカート、ヴィトンのセカンドバッグを抱えている。

午後四時十二分。――川上は時間を確認して、車を降りた。五十メートル以上の距離をとって弘子を尾ける。

忍ヶ丘駅から電車に乗った。弘子はドアに寄りかかって、じっと外を眺めている。

弘子は京橋駅で環状線に乗り換えた。一度も後ろを振り返ったり周囲を見まわしたりはせず、警戒する素振りはない。中学生、高校生で、車内はほぼ満員だ。

桜ノ宮、天満を経由して大阪駅。東口を出て、地下鉄に乗る。

心斎橋駅で電車を降りた。ホームいっぱいに広がった勤め帰りの人波、川上は距離をつめる。弘子は大丸に入って、化粧品売場へ。腕の時計に眼をやり、待ち合わせにはまだ早いといったようす。店員の勧めで、ゲランの口紅を買った。

五時五十五分、大丸を出た。外はもう日が暮れている。弘子は心斎橋筋を南へ向かい、戎橋を右に折れて御堂筋の横断歩道を渡る。道頓堀を西へ歩いて二筋め、角の公衆電話ボックスに入った。

川上は薬局の店前で立ちどまり、河南署捜査一係に電話をする。二回のコールで安井が出た。

――村野弘子が動きました。いま、ミナミの道頓堀。ラブホテル街の真ん中です。

――村野はなにしとるんや。

――電話してます。どうやら、男と会うみたいです。

眼の前に宅配便のトラックが停まった。車体に遮られて、電話ボックスのようすが見えない。

――まさか、相手は桜田やないやろな。

――わしはそれを期待してます。

――よっしゃ、どないしょ。

――至急、応援を寄越してください。弘子はホテルへ入るはずです。

――ここにいてるのは、わしのほかに二人だけや。どこへ行ったらええ。

——春陽堂いう薬屋があるし、そこの前で。

——この時間は車が込んでる。一時間以上かかるぞ。

——車でも電車でもよろしい。とにかく、すぐに出てください。

電話を切った。トラックの後ろにまわってボックスをみると、弘子がいない。

しまった——。川上は走った。電話ボックスの角から四方の道を見まわすが、弘子の姿はない。彼女が川上の尾行に気づいていたふうはなく、だから、まかれたとは思えない。川上はボックスにもっとも近い『ブルーショア』というホテルに飛び込んだ。受付の小さな窓口には誰もおらず、呼び鈴を押すと、男の声で返事があった。手帳を差し出して、女がひとり、部屋に入らなかったかと訊く。

「うちは自動案内システムやから、確かなことは分からんけど、たったいま、五〇二に客がひとり入りましたな」

「ほな、五〇二号室には先客が」

「そう。男が先に部屋とって、女を呼ぶという案配ですわ」

「室内のようす、分かりませんかね」

「刑事さん、覗きがしたかったら、中之島の公園でも行きはったらどうです」

「申しわけない。また、あとで来ます」

ブルーショアを出た。念のため、付近のホテル五軒で訊き込みをしたが、弘子らしい客が入室した形跡はなかった。

川上はブルーショアの筋向かいの路地に身を隠し、煙草をくわえた。風が埃を舞いあげ、マッチの火を揺らす。


七時四十分、春陽堂の前へ行くと、安井、徳永、三好がいた。三人を連れて、ブルーショアの前へもどる。

「村野弘子は、このホテルにおるはずです。五〇二号室。男といっしょですわ」

「よし。踏み込みましょ」徳永がいう。

「あほいえ。村野弘子に犯罪容疑はないんやぞ」安井が応じる。

「管理売春はどうです。ホテトルに場所を提供したという疑いで」と、三好。

「まあ、待て。急いてはことをし損ずる。……川やん、来てくれ」

安井と川上はブルーショアに入った。部屋係の女性の案内で五階へあがる。

「川やんは村野に顔を知られてるし、そこに隠れとけ」

安井は上着を脱ぎ、ネクタイを外した。ワイシャツの腕をまくり、ポケットからキーホルダーを出して、五〇二号室のドアをノックした。川上は階段室からようすをうかがう。

ドアが開き、女が顔をのぞかせた。

「すんません。廊下に鍵が落ちてましたけど、お客さんのやないですか」

「ちがいます」ドアが閉まった。

髪が短く頰骨の高い横顔は、明らかに弘子ではなかった。

「川やん、これはどういうわけや」眉根を寄せて、安井はいう。

「――どうも、参りましたな」

頭をさげる。「わしはてっきり、このホテルに入ったとばっかり思てしもて」

「電話ボックスで村野を見失《みうしの》うたことにまちがいはないんやな」

「それはまちがいないです」

「しゃあない。四人で周辺を張ってみよ」

安井は川上の手から上着とネクタイをひったくった。


徳永をブルーショアのそばに残して、安井、三好、川上は三方に散った。道頓堀と難波の境、川上は横断歩道と地下鉄の入口二カ所を見とおすことのできる御堂筋沿いの銀行の前に立った。一段高くなった植え込みにあがって、しばらくは周囲に眼を配っていたが、ばかばかしくなってやめた。この広い繁華な街で、二時間も前に消えた女を発見できるとは思えない。

くそっ、応援なんぞ呼ばなんだらよかった――。あの電話のせいで弘子を見失い、的外れの張り込みをしたあげく、安井たちの冷笑を浴びたのだ。

「やめた、やめた。わしはあの女から手を引く」

独りごちて顔をもたげたとき、視界の隅を白いスカートがよぎった。地下鉄の入口、女と男が階段を降りていく。

川上は歩道に飛び降り、走った。村野弘子を追って一足跳びに階段を駆け降り、踊り場を曲がる。サングラスの男が振り向き、逃げだした。「待て」一度はジャケットの裾にかかった手が払われる。息が切れ、足がもつれて、引き離される。

男が通行人にぶつかってころんだ。四つん這いになり、立ちあがろうとする男に、川上は飛びかかった。もつれあって一回転し、男の腕を逆にとって捩じあげる。男は突っ伏し、呻き声を洩らした。

「――桜田、桜田やな」

男のサングラスをもぎとった。細い眼、削げた頬、パンチパーマ――まちがいない。

「証券取引法違反、および二億三千万の業務上横領容疑で逮捕する」

川上は低くいい、桜田雅彦に手錠をかけた。】

私は応接室に入り、直した原稿を山路に手渡した。

「――これで、終わりですか」

「そう。終わりでっせ」

「川上巡査部長は卓抜した推理と不屈の使命感でもって、たったひとりの張り込みをし、桜田雅彦を逮捕した。功績きわめて大、本部長賞ものだ。……じゃ、あなたはなぜ左遷させられたんです」

「それはセンセ、一から十まで、ほんまのことばっかり書けまへんがな」

「正直なところ、私は、この解決には不満があります」

「へっ、なんでです」

「かっこよすぎるんですよ、川上が。……どういえばいいのか、結末にもうひとひねりがなく、だから余韻に乏しい。私はヒーローとか勝者にリアリティーを感じないんです」

「ふーん、センセはやっぱり変わってまんな。水戸黄門、嫌いでっしゃろ」

「桜田は、ほんとに生きてたんですか。あなたが逮捕したんですか」

「さあ、それはどうやったかいな」

「ね、山路さん、現実の捜査はどうだったんです。それを書いてもらえませんか」

「そんなもん、書いてどないしまんねん」

「比較検討するんですよ。ほんとの話のほうがおもしろければ、そちらを小説にする」

「まいったな……」

山路は俯いて、ためいきをついた。「ま、よろしい。ほんまの結末を書きまひょ」

▼　川上は村野弘子を追いかけて地下鉄の階段を駆け降りた。煤けたタイルの踊り場を右に曲がった途端に弘子がこちらに振り向いて、
「逃げて。マーちゃん」と叫んだので、サングラスの男は一気に駆け出した。

「おい待て。待たんかい」

川上は一旦はサングラスの男の上着の裾をつかんだのに手を振り払われた。息が切れて足がもつれて引き離された。男の足はものすごく速かった。

「誰か、そいつをとめてくれ」

と川上は大声で叫びながら走ったが、まるで他人事のように市民の協力はなかった。サングラスの男は通路を駆け抜けて定期券売場の角を左へ曲がった。川上も左に曲がった途端に女の通行人にぶつかって、もつれあって転倒した。

「すみませんね」と川上は謝ったのに、四つん這いになって立ちあがりかけたところへ突然黒いセーターの男が飛び掛かって来た。

「こら、逃げる気か」

と黒いセーターの男が叫んだ。そして川上を万力のような強い力で後ろから羽交い締めにした。

「離せ。離さんかい」

と川上は男の腕を剝がした途端、頭突きをされた。川上は意識がクラクラとして朦朧とな

った。

「こいつめ」

と川上は憤怒のあまり黒いセーターの男の腰に組み付いた。もうなにがなんやら分からない――。▲

「これはいい。こちらの方がずっといい」

「あほくさ。ひとのヘマが、そんなにおもろいんでっか」

「この黒いセーターの男は何者だったんです」

「あとで聞いたら、守口の鉄筋工でしたわ。道理で強いはずや」

「その鉄筋工が、なぜあなたを？」

「わしがぶつかった通行人というのが、この男の嫁はんでね。こけた拍子に左の肘《ひじ》の骨にヒビが入ってしもて、全治一カ月。治療費と慰謝料を払うた上に、副署長からはぼろくそに怒られて、踏んだり蹴ったりでんがな。こんなかわいそうな話、どこにあります」

「おもしろい。最高におもしろい」腹を抱えた。これが笑わずにいられようか。

「ええ加減にしなはれ。あご、外れまっせ」

「サングラスの男は消えてしまったままなんですね」私は眼鏡を外して涙を拭いた。

「二度と姿は現してまへん。……くそったれ、あのとき、わしが捕まえてたらね」

「でも、弘子の取り調べはしたんでしょ。逃走した男は桜田雅彦だったといわなかったんですか」

「そんなこと、吐くわけおまへんがな。あの女は被疑者やないし、強い調べはできまへん」

山路はかぶりを振って、「デートしたんはテレクラで知り合うた男やし、名前も職業も知らんと、そう言い張るんですわ。実際、弘子の手帳にはテレクラの電話番号が五軒ほど書いてありましたな」

「ホテルの部屋の指紋を採ったらいいじゃないですか。桜田雅彦の指紋と一致するかもしれない」

「そのホテルの名前を弘子は喋りよらん。……ま、聞いたところで、鑑識の協力は得られへんし、捜索はできんかったやろけどね」

「で、その後の捜査はどうなったんです」

「なんの進展もないままに年を越して、わしは三月に石切署へ異動。事件は継続捜査になって、事実上、迷宮入りということでんな」

「桜田はやはり、殺されたんじゃないんですか」

「わしの姿を見て、あの男は逃げよった。桜田にちがいおまへん」

「私がテレクラで誘った女とデートしていて、後ろから血相を変えた男が迫ってきたら、思わず逃げだしてしまうかもしれませんね」

「弘子は男に『逃げて。マーちゃん』というたんでっせ。パンチパーマに派手な上着、あの男は桜田雅彦です」

「弘子はほんとに『マーちゃん』といったんですか」

「まちがいおまへん。この鼓膜に染みついてまっせ」

「じゃ、それを強硬に主張して追跡捜査をすればいいじゃないですか」

「けど、わし、そのことは誰にも話さんかった……」

「なぜ、なぜなんです」

「わしは桜田を取り逃がしたんでっせ。あんまり、みじめでんがな。……わしは引かれ者の小唄を歌いたくはなかった。せめてものプライドというやつですわ」

山路は舌打ちして、「それに、わしが意見を述べたところで、捜査方針が変わるわけでもない。ヒラの刑事の悲哀はいやというほど舐めてまっさかいね」

「どうもすっきりしませんね。あなたらしくない」

「現実いうのはセンセ、そんなもんでっせ。なんぼわしが希代の名探偵でも、組織の論理にはかないまへん。わしももうちょっとで定年やし……」

「分かりました。事件は桜田の偽装だったということで、とにかく、結末はこちらにしましょう」

「ね、センセ、出版社はどこがよろしいかな」

「しかるべき紹介がなければ、原稿の持ち込みはできません」

「ほな、センセに紹介してもらいましょかね」

「それより、懸賞小説に応募したらどうです」

誰がこんな原稿を紹介するか――。「賞金がもらえますよ」

「グッド。それでいきまひょ」

山路は膝を叩いた。「賞金がいちばん多いのはどこですねん……」

蜘蛛《くも》の糸

1

　クラブ『コールドブラッド』に入って、紗香の顔を見るなり、遠野は腹を押さえてかがみ込んだ。

「きた。やっときた」

「どうしたの、センセ」

「さっき下剤を買って、十錠服《の》んだ。もう一週間も便秘なんだ」

「トイレ行っといでよ、センセ」

「ああ……」遠野はさも苦しげにいい、よたよたとトイレへ歩いて放尿した。鏡に向かってニッと笑いかけ、すぐにボックスへもどる。

「えらい早かったやないの、センセ」

　紗香がおしぼりを差し出す。

「うん、手を洗ってないから」

　両手をかざして臭いをかぎ、いきなり紗香に襲いかかった。ミニスカートの脚をわしづかみにする。

「わっ、不潔」

紗香はのけぞって悲鳴をあげる。跳ねあげた膝で遠野はあごを蹴られ、ソファからころがり落ちた。テーブルの角で頭を打ち、呻きながら顔をもたげると、紗香の腿の奥にピンクのショーツ。思わず手を合わせて、お辞儀した。

「センセって、最低」

紗香は脚を閉じ、スカートの裾をなおした。「ほんまに、古くさいギャグするんやから」

「へへっ、受けたかな」

遠野はふくらみかけた股間を隠してソファに座った。「今日は桃色なんだ」

「いやらし。いつも女の子の裸を見てるくせに」

「あれは芸術だ。淫靡、淫猥、猥褻は九牛の一毛もない」

遠野は彫刻家だ。西宮の男神山《おがみやま》のふもとに自宅とアトリエがある。専門はブロンズの女性像で、制作中はほぼ毎日、バイトのモデル——亜実はアトリエに居住しているが、このところは狂軌会の画家、篠原治郎の専属モデルをしている——に来てもらっている。

「どう？　紗香も一度、モデルをしてみようよ」

「いや。センセは眼で犯すもん」

「そ、そうかな」

最高の褒め言葉だ。コンタクトレンズに換えてよかった。

「女の子が服を脱ぐのは好きな人の前だけ。ママがそういってた」

「ちがうね。時代錯誤は蒙に堕ち、曲解は愚を招く。若く健全なる肉体は高邁無比なる精神性をもって、その内包されたる造形美を外界に向かって解き放つべきであり、ミニスカートはもちろん、パンストもパンティーもブラジャーも、すべての束縛を捨て去って根源的な個に還ることにより、人はアイデンティティーを確立し、雑駁《ざっぱく》なる容喙《ようかい》を排して悠久の解脱を得るのである、と、かのボーボワール女史も……」

我ながら、すばらしい弁舌だと感心しつつ紗香に眼をやると、憧憬のまなざしをこちらに向けて微動だにしない。初めは下品に見せて母性本能を刺激し、一転してインテリゲンチャに迫るのが、遠野の会得した究極の口説きだ。

「しかるに、純粋芸術とは……」

「センセ、毛」

「うん……？」

「鼻の横のイボ、長い毛が生えてる」

紗香は手を伸ばし、遠野のイボをつまんでグイとひねった。

「あ痛てててて……」

「なんや、糸くずか」

紗香はさも汚いものを触ったかのように、細く白い指をおしぼりで拭った。

翌日の夕方、遠野は薬をもらうため、東芦屋町の田中医院へ行った。血圧を計って採血をし、簡単な問診を受ける。

「尿酸値とレセプター抗体の数値が少し高いですね。体調に変化は」

「特にありませんが、最近、疲れやすくて」

「睡眠は」

「あまり、とれません」

一日、八時間しか眠れない。「なんか、こう、元気の出る注射をお願いしますよ。オットセイやマムシやラッコの入ってるのを」

「そんなのはないけど、強力なのがある。それ、いきますか」

「いきましょう、二本でも三本でも」

「鼻血が出ても知りませんよ」

院長は笑いながらいったが、医院をあとにして芦屋駅に着くころ、体中がカーッと熱くなった。前を行く女子大生のパンティーラインから眼が離せない。いつのまにか携帯を開いて、美菜に電話をかけていた。

——あら先生、お珍しい。

――なぁ、デートしよう、デート。

――ま、うれしい。いつ？

――いますぐさ。

――でもわたし、お風呂から出たばっかり。

――行くよ、そっちへ。

――だめ。絶対にだめ。

――頼む。このとおりだ。

――もう、せっかちなんだから。じゃ、六時にエルモアホテルの喫茶室。

電話が切れた。また股間が膨らんでいる。

遠野公彦、独身、四十にして立つ。頭髪と体型に少々の難あれど、相続資産あり。善は必ずや報われる。せっせと撒き餌をしてきた甲斐があった。難攻不落のあの美菜が、ついにおれの軍門に下るのだ。

エルモアホテルでダブルの部屋をリザーブし、美容室に入って髪を整えた。ネイルケアをした女性従業員の、ずいぶん毛深いお指ですね、という言葉にいたく気分を害したが、ちらちら胸の谷間が見えたので許してやった。

にもかかわらず、美菜は六時になっても六時半になっても現れない。

性悪女め、またぞろすっぽかしやがった――三杯めのコーヒーを飲みほし、十三本めの煙草を揉み消して席を立ったのは八時だった。美菜に厭味のひとつもいってやらなければ気がおさまらない。

アクアスキュータムのコートの襟を立て、眉間に皺を作って『ギャラクシー』の扉を引いたら、美菜は奥のボックスでスウェードブルゾンの男にスコッチを注いでいた。遠野はピアノのそばに席をとり、ヘルプのホステスにちいママを呼んでくれといった。

「――先生、どうしたのよ」

美菜が来た。「わたし、四十分も待ったんだから」

ぷいと横を見て、わるびれたようすはまるでない。

「おれこそ十五分も待った。飯も食ってない」

「どこで待ってたのよ」

「喫茶室さ。エルモアの」

「なんだ、わたしはエリエール・ホテルっていったじゃない」

「えっ……」

「もう、いつもこれなんだもの。補聴器つけなさい」

美菜は遠野の手をとり、膝に置いた。「ミラノのタマーニ・ガレ。とっておきの下着をつけていったのに」

「ほ、ほんと?」思わずピピンとなる。

「そうよ。気がきかないんだから」

「じゃ、店がはねてからデートしよう」

「だめ。今日は先約が入っちゃったの」

「先約?　まだ九時前じゃないか」

「しつっこい社長がいるのよ。こないだから通いづめのね」

「誰だ、その変態おやじは」

「知らない?　大観堂の横山さん」

美菜は奥のボックスに眼をやった。下品な紫色のスウェードブルゾンの男がエヘッと笑いかける。

「そうか、あいつが……」

大観堂は北野町に古い赤煉瓦のビルを構えている画廊だ。もとは油絵専門だったのが、バブルのころに二束三文のアイドル版画を乱売して五億の金を貯めこんだという噂を耳にしたことがある。

「よし、おれが話をつけてやる」

遠野は立ちあがった。タマーニ・ガレはおれの権利だ。

「先生、いけない。あの人は……」

美菜は制したが、遠野の足はとまらない。

「失礼。遠野と申します」

横山の向かいに腰をおろした。パンチパーマ、鼈甲の眼鏡、金無垢のロレックス、ダイヤの指輪、クロコダイルの靴、老舗画廊のオーナーのくせして、身なりはヤクザと変わりない。

「実は今夜、美菜と食事をする約束をしていたのですが、それを彼女はすっかり忘れちゃって……。その、つまり、ダブルブッキングというやつですか、それでわたしが約束したのは一週間も前ですから、ここはあなたにご遠慮いただいて、またの機会ということにしてもらいたいと、美菜本人も希望しているようなわけでして」

「じゃかましいな、こら」

低く、つぶやくように横山は応えた。「美菜、美菜と呼び捨てにしくさって。その不細工な顔で女を口説くのは十年早いわい」

「しっ、失敬な。ぼくは美菜が困ってるから……」

「あほんだら。わしはあんなトリガラみたいな女、趣味やないわ」

「嘘だ。そういって横恋慕する気なんだ」

「おのれ、このわしをおちょくるとはええ根性やな」

横山の眼が細くなった。「外へ出んかい。話は事務所でつけたる」

「事務所……」どこかおかしい。

そういえば、大観堂の横山は遠野よりかなり年上のはずだ。対するに、眼の前のパンチパーマは四十すぎで、削げた頬に長い切り傷がある。

「あの、おたくは大観堂の横山社長では……」

かすれた声で訊いた。すぐ後ろのボックスの五十男がこちらを向いたが、あわてて眼を逸《そ》らした。助けを求めて美菜の方を見ると、どこへ消えたのか影も形もない。

「はは、はは、人違いをしたようですね」

血の気が引いた。笑ったつもりだが、泣いているように見えただろう。頭をさげて逃げだそうとするのに、腰が抜けて動けない。

「そうか、わしは今日から横山とかいう名前かい」

クロコダイルは上体をかがめて鼈甲眼鏡の縁越しに遠野を睨《ね》めつける。「おまえ、なにもんや」

「しがない彫刻家でございます」

「彫刻？　七福神でも作っとるんか」

「いえ、主にヌードを」

「その短い足でヌードてか」

「いえ、裸になるのはモデルです」

「いっぺん、わしに紹介せい」

「お言葉ではございますが、その種の斡旋はできないマニュアルがございまして」

しどろもどろ。舌がもつれて汗が噴きだす。

「おまえ、酔うとるな」

「いえ、まだそんなに……」

「ほな、クスリやろ」

「はい、注射を二本だけ」

「よう効くか」

「効きました。体がカーッと熱くなりました」

「ちょいと見せてみい」

「は……？」

「腕をまくってみい」

いわれて左腕のセーターをたくしあげた。遠野は血管が細く、注射の痕が長く残る体質だから、肘の内側がぽつぽつとまだらになっている。

「ほんまに、近頃の堅気は極道より始末がわるい」

クロコダイルはあきれたようにいい、「おまえ、おもろいな。ま、一杯飲め」

水割りのグラスにバランタインの十二年をロックで注ぐ。断ったら殺されるから、一気に空けた。

「飲みっぷりがええやないか。もう一杯や」

また一気に飲みほし、大きく息をつく。

「おまえ、歌うたえ」

「すみません、音痴なんです」

「わしのリクエストがきけんのか、え」

「歌います、なんでも」

「『浪花恋しぐれ』や。台詞はわしがいうたる」

「しかし、カラオケがありません」

「ピアノがあるやないけ」

クロコダイルはヘルプのホステスを呼んで、歌の本を持ってこさせた。マネージャーのピアノ伴奏に合わせて、遠野は歌う。『大利根無情』『股旅』『ハートのエースが出てこない』——次々と歌ううちに自虐的な気分になり、毒を食らわば皿まで、便所が火事になってもうヤケクソという心境だった。最後はクロコダイルが友達のような気がして『小指の想い出』など歌ってやると、拍手喝采を受けてしまった。

「気に入った。おまえ、ほんまにおもろい。今日は徹底的に行こ」

席にもどると、クロコダイルは相当に酔っていた。隣のボックスの五十男——くそっ、横山にちがいない——は帰ったらしい。遠野はバランタインをなみなみとグラスに注ぎ、ひといきに飲みほした。

「ボトルが空きましたね」しゃっくりが出る。

「おう、好きなもん入れんかい。わしの奢りや」

「じゃ、バランタインの三十年」

「もういっぺんいうてみい、こら」

「ジョニ黒にしましょう」

ボトルが来た。ホステスが封を切ったとき、コート姿の大男がふたり、ボックスのそばに立った。

「なんじゃい、おまえら」クロコダイルがわめいた。

「……………」右側の角刈りがこわばった顔で懐に手を入れる。

「あっ、ああ……」

クロコダイルは遠野を盾にした。遠野はヒーッと叫んでホステスにしがみつく。

角刈りが懐から出したのは旭日徽章の警察手帳だった。

「三宮署のもんや。ちょっとつきおうてくれるか」

「くそったれ。デカに引かれる筋合いはないぞ」とクロコダイル。

「そう、この方はいいひとです」と、遠野。

「用があるのは、あんたや。こっちの組長やない」

「は……？」

「覚醒剤取締法違反容疑で、あんたを取り調べる」

「そうか、やっぱりシャブ中かい」

クロコダイルがいう。「こいつ、動作と眼つきがおかしいんですわ。腕は注射の痕だらけでっせ」

「ちがう。ぼくは病院で……」

「分かった、分かった。申し開きは署でしてもらお」

男ふたりに腕をとられ、きりきり引ったてられた。

2

煤けたモルタル壁、合成タイルの床、小さな窓に鉄格子、暖房もない殺風景な部屋の真ん中に木製の机と椅子が置かれていた。薄汚い椅子の座面に茶色の液体が染みついて、子供のころ落ちた野壺のようなにおいがする。

遠野は身体検査を受け、すべての所持品を取りあげられた。酔いがまわって眼の前がぐるぐるする。

生活安全課の刑事は年嵩のちょび髭が八木、少し若い角刈りが勝尾と名乗った。八木が質問し、勝尾が調書を書く。

「遠野公彦、四十二歳。西宮市男神山町一の二十五。……まちがいないな」

遠野の免許証を見ながら、八木がいう。

「ふん、おれは彫刻家だぞ」

「家族関係は」

「家族？　家族と関係したらいけないんだぞ」

「世帯構成や。よめはん、子供は」

「そんな面倒なもん、持ってねえよ」

はなはだ気分がいい。いくら暴言を吐いても撃たれる心配はない。

「ほな、身元引受人はおらんのやな」

「おれは独身だぞ。三百五十坪の邸に住んでるのさ」

「だいぶ、おかしいな」

八木は勝尾にいう。「書いとけ。『誇大妄想あり』」

「うーっ、眼がまわるぞ、この野郎」

「で、シャブはいつからやってるんや」

「黙れ。おれは彫刻家なんだぞ」

「それがどないした」

「芸術家はいついかなるときも純潔だ。インテグリティーを愛し、ヒポクリシーを憎む。刻苦勉励、国旗掲揚、おのが生命を切磋しつつ作品を琢磨するんだぞ」

「勝っちゃん、書け。『顕示性興奮あり』」

「黙れ、黙れ。おれの偉才にドラッグなど不要だ」

「ほな、その腕の針痕はなんや」

「ばかもの。おれは病気なんだぞ」

「ほう、どんな病気や」

「なにを隠そう、バセドー病さ」

「眼が出てへんやないか」

「眼の出ないバセドー病さ」

「勝っちゃん、書け。『詐病癖あり』」

「おれはな、西宮公安委員会の依頼で男神山署前のモニュメントを制作したんだぞ」

「はいはい、そうでっか」

「いったい誰がこんなデタラメを通報したんだ」

「さあ、誰やろな」

「大観堂の横山だろ。さっきのクラブで隣の席にいたんだ」

「こいつ、筋金入りですね」勝尾が口をはさんだ。

「売人かもしれんな」八木がうなずく。

「おれは潔白だ。東芦屋町の田中医院へ行ってみろ」

「もう十二時や。開いとるかい」

「それを調べるのが刑事の責務だろ」

「ああ、調べたる。調べたるから小便せい」

八木は机の下から紙コップを出した。「尿検査や。明日の朝には白黒がはっきりする」

「上等だ。いくらでも出してやろうじゃないか」

刑事ふたりに付き添われてトイレへ行った。アルコール臭い黄金色の尿を紙コップに採り、勝尾に手渡す。取調室にもどって、勝尾は顔をしかめながら、試験管のようなプラスチック容器に尿を密封した。

「さて、今日はこれまで。つづきは明日にしよ」

大きく伸びをして、八木がいう。「遠野先生、あんたは泊まりや」

「な、なんだと」

「証拠湮滅のおそれがある。家へ帰すわけにはいかんな」

「人権蹂躙《じゅうりん》だ。訴えるぞ」

「どうぞ、ご勝手に」

遠野はベルトと靴、靴下を取りあげられた。

「あいにく留置場がいっぱいでな、トラ箱で寝てくれるか」

「ばか野郎、おれは留置場がいいぞ」

ゲロだらけのトラ箱になんか寝られるか。どうせ明日になったら出られるのだ。

「勝っちゃん、雑居房にひとり、空きがあったな」

「はい、暴田組の鉄砲玉が入ってる房ですやろ」

「やっぱり、トラ箱にしよう」

遠野はずり落ちるズボンをあげて、取調室を出た。


泥酔者保護房には先客がいた。〝定年前の経理課主任〟といった小肥りのオヤジがカエル腹にあずき色のステンカラーコートをかけ、大の字になってグガガッと鼾《いびき》をかいている。遠野はオヤジを蹴って、むき出しの便器のそばに寄せ、リノリウムの床に腰をおろした。今日は日記が書けないから、眼をつむって一日のおさらいをする。

——はじめは確か、田中医院だった。精力剤を二本打ってもらって美菜に電話し、ネイルケアをして、指が毛深いといわれた。腹が立ってギャラクシーへ行き、うたいたくもない歌を十曲もうたった。くそっ、大観堂のヒヒジジイがタマーニ・ガレを口にくわえてウマになり、骨ばった背中に裸の美菜がまたがっている光景が眼に浮かぶ。

人間、一寸先は闇だ。禍福はあざなえる縄の如しというが、福あってこその禍いではないのか。しかるに、今日はトラブルの連続であり、エルモアホテルの一室をリザーブしながら、毛布の一枚もないトラ箱で、濡れ落ち葉のような中年男と同衾しているのである。

ふん、おもしろい——。妙におかしかった。ひとしきり笑い声をあげて欠伸《あくび》をし、腕を枕にして丸くなったが、鼾と寒さで眠るに眠れない。

起きあがってカエル男のコートを剝ぎとり、頭からかぶって眠りについた。

トウノキミオ、起きなさい。——そんな声が何度か聞こえて、足元に冷たい風が吹き込んだ。出入口の鉄扉が開いて、紺の制服を着た初老の看守が立っている。

「出なさい。奥さんが迎えにきてる」

「奥さん……？」

「ぐずぐずせんと、早よう出なさい」

せきたてられて、ぶかぶかのスリッパを素足に履き、コートをはおって廊下に出た。

「どうや、酔いは覚めたか」

「頭が痛い。風邪をひいた」

「ええ齢して、正体なくなるまで飲むんやないで」

「誰だ。誰が迎えにきた」

「あんたのよめはんやというとるやろ」

そうか、美菜が来てくれたんだ――。

廊下の突きあたりの小部屋の前で看守は立ちどまり、

「奥さんはこの中や。わしはあんたの所持品をとってくる」

いって、階段を降りていった。

遠野は目脂《めやに》をとり、髪をなでつける。ベルトのないズボンをたくしあげて、ドアをノックした。

「はい」と、かわいい返事。

ふふっ、美菜ちゃん――。ドアを開けた。眼があう。おばさんパーマ、しもぶくれの顔、ラメ入りの白いカーディガン、まるで見覚えのない小柄な女だった。

「あの、あなたは……」

「トウノといいますけど」

「どちらの遠野さんでしたっけ」

「須磨です。須磨の緑が丘」

須磨に親戚はない。

「どんな字です。トオノって」

「東野と書きます」

「ご主人の名前は」

「東野君夫です」

なんのことはない、また人違いだ。

「すみません、そのコートは主人の……」

「いえ、ちょっと借りただけです」

逃げるように部屋を出た。階段を降りて二階へ行ったが、看守は見あたらない。そのまま一階へ降りると、ロビーのカウンターの向こうで当直の警官が居眠りをしている。壁の時計は午前三時。

遠野は舌打ちをしてベンチに座り込んだ。軽い眩暈がし、吐き気もする。また階段をあがって、ゲロくさいトラ箱にもどる気にもならず、顔でも洗おうかと立った拍子に轟くような屁が出て、当直警官が眼を覚ました。

「おい、あんた、なにしてるんや」

「——トイレへ行こうと思って」

「ここは警察や」

警官は居丈高にいう。「そこの公園に公衆便所があるやないか」

「そ、そうでしたか……」

ふらふらと外へ出た。強い風が吹きつけて髪を押さえたら、なにを勘違いしたのか、タクシーが停まった。つい乗り込んで、「西宮。男神山町」といい、国道二号線を五分ほど走ったとき、家の鍵を押収されていたことに気づいた。

「わるいけど、法善町へ行ってくれますか」と、訂正する。

西宮法善町には『スイートピー』の聖子がいる。ちょうど一カ月前、部屋を移りたいというのを聞いて、遠野は友人の不動産屋に頼んで１ＤＫのマンションを探してやり、権利金の半額とひと月分の家賃を払ってやった。その部屋には一回しか泊まったことがないが、遠野は酸いも甘いも嚙みわけた風狂の人だから、旦那気どりで聖子を束縛したりしない。彼女は二十歳で、昼間は短大に通っている。コケティッシュでデモーニッシュ、いっそ結婚して欲しそうな素振りを見せるのが唯一の欠点だ――。

3

クレオ・ハイツ二階、南端の部屋を見あげると、窓に明かりがともっていた。

遠野は料金を聞き、タクシーを待たせて、玄関の階段をあがった。オートロックを解除して中に入る。

二〇八号室のボタンを押すと、しばらく待って聖子の声が聞こえた。

――はい、どなた？

――はい、遠野だよ。

――ひぇっ、センセ……。

――タクシーで来たんだけど、持ち合わせがなくてね。ここ、開けてくれる？

――でもわたし、お化粧してへんし、髪もバサバサやし……。

――いいから、いいから、気にしなくていいよ。

――部屋の中も散らかし放題やもん。

――タクシーを待たせてるんだ。金を貸してくれないか。

　いらだたしげにいったら、錠が外れてドアが細めに開いた。五千円札を受け取って階段を駆け降り、料金を払って二〇八号室へもどる。花柄のパジャマを着た聖子がダイニングチェアに座って髪を梳かしていた。

「センセ、こんな夜中にびっくりするわ。わたし、寝てたんよ」ふくれっつらでいう。

「ごめん、ごめん、今日はわけありなんだ」

　ヤクザの組長と飲んでいてヒットマンに襲撃され、誤認逮捕のあげく、看守の隙をついて留置場から脱走したと、おもしろおかしく話してやる。

「どうせ夜が明けたら釈放されるんだ。能なしの官憲どもにひと泡食わせてやった」

「ふーん、そう」

　聖子はあまり興味をしめさず、眠い眠い、と欠伸ばかりする。パジャマの胸がはだけて白くたわわな乳房がのぞき、遠野はにわかに膨張した股間を押さえる。

「さぁ、夜も遅い。寝ようか」

「えーっ、センセ、泊まるの」

「いいだろ、なにもしないからさ」

「エッチ。やらしいこと考えてるわ」

「心配しないで、子猫ちゃん」

　コートのボタンを外して、聖子の後ろにまわった。うなじをなでながら、耳もとにフッと息を吹きかける。

「やめて、センセ、くすぐったい」

　やめてたまるか。このあいだ泊まったときは、体調がわるいといってキスのひとつもさせてくれず、くそ狭い押入れのふとんの隙間にもぐりこんで寝たら、死んで甕棺《かめかん》に入れられた夢を見て、あわててとび起きた拍子に、天井に顔を打ちつけて鼻血を出してしまった。センセ、これを鼻に詰めとき——そういって聖子の持ってきたのが魚肉ソーセージだったから、よけいに腹が立つ。そんな太いものが鼻に入るか。

「ああ、芳《かぐわ》しきこの匂い。嫋《たお》やかなるこの後れ毛。公彦と聖子の理性は化と散り、いまや本能に翻弄されるのみ」

「センセ、……お風呂入って」かすれた声で聖子がいう。

「風呂？　そんなものは本能のままに」

「センセ、お願い。いうとおりにして」

聖子は媚びるように遠野を睨んだ。しかたなく遠野は手を離し、

「じゃ、シャワーを浴びるからね。三分で」

涎をすすりながらバスルームに入って、思わず万歳を三唱する。

まさに禍福はあざなえる縄の如し。人生やはり捨てたものじゃない。つい三十分前までは濡れ落ち葉の五十男と同衾していたのが、いまはコケティッシュでデモーニッシュで二十歳の聖子に昇華したこの僥倖。服を脱ぎ捨て、屹立した左曲がりの分身に、がんばれよ、と声をかけたとき、ドアの外で聖子が走りまわっているような音が聞こえた。

遠野はそっとドアを開けた。ダイニングテーブルの向こうで、花柄のパジャマとサーモンピンクのコートがひとつに融合している。

おや、着替えてるのかな――と思ったのもつかのま、「今日はごめんね」「また来るよ」というのを聞いて、遠野はバスルームからころがり出た。

「あっ」聖子が口をあけ、

「あっ」パンク頭の男がこちらを向いた。

「こいつ……」

遠野は逆上した。「ま、間男め!」

この際、どちらが間男であるかは問題じゃない。騎虎の勢いというやつだ。

パンク男は裸の遠野に恐れをなしてあとずさり、貧弱な背中を向けて逃げだした。

「待て、間男」

逃げれば追うのが人の常、遠野もダッシュする。

パンク男は寝室を突っ切り、ガラス戸を開けてバルコニーへ出た。

「こらっ、待たんか！」

遠野は追いついてパンク男につかみかかった。

「離せ。おっさん」

パンク男は振り払おうとして揉み合う。

「この野郎、おれは権利金と部屋代を……」

「うるせえ、あほ、ぼけ」

いきなり首を絞められ朦朧とした。ネイルケアした爪で敵の顔をひっかき、突っ立った金髪をつかんで力まかせにひねったら、キーッと悲鳴をあげてのけぞった。ふっと体が軽くなり、足が浮く。もつれあったまま一回転して落下した。瞼の裏に星が散り、赤や青にきらめいて少しずつ薄れていく。眼をあけたら、中天にまんまるの月が浮かんでいた。

ぐげっ、ぐげっ……呻きながら遠野は四つん這いになった。横でパンク男が人の字になり白眼を剝いている。膝がちくちくして、芝生の上にいると気づき、素っ裸であることにも気づいた。バルコニーを見あげると、手すりの向こうに聖子がいた。

「心配いらない。おれは大丈夫だ」

痛みをこらえていった途端、

「キャーッ、痴漢や痴漢！　助けてぇ」

聖子は金切り声をあげた。手をメガホンにして叫びまわる。

あちらこちらの窓に明かりがつき、なんや、なんや、と住民が顔を出す。

逃げなければ――。聖子の理不尽な仕打ちに憤慨しつつ遠野は思った。がしかし、おれは裸だ。それに寒い。ふと見れば、植え込みの立木にパンク男のピンクコートがひっかかっている。ナメクジのように立木に近づいて、カエルのように飛びあがり、コートをとって着た。一目散に芝生の庭を横断し、生垣の隙間から外へ出て、裏通りを電柱から電柱へジグザグに走り抜けた。


法善町二丁目バス停裏の高橋酒煙草店。遠野は闇にまぎれ、三台並んだ自販機の後ろに身をひそめた。自販機はホットコーヒーや缶入り汁粉を扱っていてヒーターの余熱が後ろにまわり、けっこう寒さしのぎになる。遠くクレオ・ハイツの方向からパトカーのサイレンが聞こえるのは、住民が警察に通報したのだろう。

はてさて、この事態をどう善処すべきかと、諸般の事情に鑑みつつ、遠野は深慮し、遠謀した。

人は衣食足りて栄辱を知る――。

まず問題はこの服装だ。いま身につけている安物のぺらぺらコートは、いったいどう呼べばいいのか、化繊百パーセントのウインドブレーカーの裾を膝下まで伸ばしたような正体不明のデザインで、派手な色と保温性に多大の難点がある。そして、もっと大きな難点は、そのコートの下が一糸まとわぬ裸であり、靴下も靴も履いていないために、いちじるしく走りにくいということである。

遠野は元来、人を人と思わぬ性格であり、みっともないとか、恥ずかしいといった規範情性の欠如した人間であるから、このファッションそのものは他人に見られてもいっこうに平気だが、変質者にまちがえられるのだけは絶対に困る。そう、物陰から女子高生などを手招きして、いきなりコートの前を広げるという、あれである。いちおう高級住宅地とされている法善町界隈の婦女子が、サーモンピンクのコートと毛脛に裸足の中年男を目撃すれば、これを痴漢と思わずしてなにをか変態といわんや。シャツやパンツはともかく、毛脛を隠すズボンだけはなんとしても確保したい。

そうして、つぎは食である。よくよく考えてみれば、昨日山中医院へ行く前にカツ丼定食を食ったきり、固形物はなにも口にしていない。ときどき眩暈がして脱力感に襲われるのは空腹のせいらしいが、コートのポケットを探って出てきたのは十円玉が三枚と使い捨てライターだけ。たった三十円ではたこ焼きのひとつも買えないし、それよりなにより、いちばんの問題はこれからの身の振り方なのである。夜が明けるまでこんなところにはいられない。

さて、どうするか——。遠野はとりあえずライターの火をつけた。這いつくばって自販機の下を照らしてみると、案の定、百円玉二枚と五十円玉二枚が見つかった。

人通りのないのを見はからってマイルドセブンを買い、また自販機の後ろに隠れて、たてつづけに二本吸ったら、気分が落ち着いて、またとない良案が浮かんだ。この法善町から裏道づたいに行けるはずの男神山駅裏に飲み屋小路があり、そこの『花車』というゲイバーは遠野の馴染みの店なのである。花車にはもうすぐ還暦を迎えようという異様に肥ったママがひとりいるだけで、常連客はほとんどなく、いつも朝まで店を開けているから、これ以上の好都合はない。

遠野は新たな希望に胸躍らせて法善町二丁目をあとにした。ボロは着てても心は錦、寒さで鳥肌こそ立っているが、ハートはソウルフルだ。

電柱から銀杏並木、路地の陰からブロック塀の隅へと、暗がりをたどってゴキブリのように移動した。踏切を渡って線路沿いの道に出たとき、脇道から犬を連れた女が現れて、隠れるまもなく鉢合わせした。女は遠野の風体にたじろいでヒッと悲鳴をあげ、犬はキャンキャン吠えたてる。遠野はその場にうずくまり、女が離れたのを見て、脱兎のごとく駆けだした。

法善町一丁目の児童公園を斜めに突っ切り、少し広い道路に出たところで、住宅の工事現場に行きあたった。ひょっとして作業服か長靴でも置いてないかと思いつき、足場のあいだから現場内へ侵入する。台所と思《おぼ》しき部屋に、真っ赤なタオルとぼろぼろのズック靴があった。幸せな気分でタオルを首に巻き、ズック靴をつっかけて履く。ふと横を向くと、スカイブルーのペイントの入った一斗缶が眼に入り、いったん靴を脱いで、その一斗缶に両足を突っ込んだ。これでよし、遠目にはぴちぴちの青いズボンを穿いているように見えるはずだ。流しに腰かけて、ペイントが乾くのを待ちながら煙草を一本吸ったとき、現場の外を赤い回転灯が通過した。パトカーがまだ附近を捜索しているらしい。

くわばら、くわばら——。遠野は工事現場を出た。前後左右の警戒おこたりなく、男神山駅裏へと向かう。途中、乳母車を押すホームレス風の爺さんに出会ったが、こちらに格別の興味を示すふうもなく、それで傍目には普通の恰好に見えるのだと安心した。

飲み屋小路の傾きかけたアーチをくぐり、花車のドアを引いた。季節外れの風鈴が鳴る。ソファで居眠りをしていた奈々子は遠野の姿をひと目見るなり、けたたましく、かしましく、顔中を口にして賛嘆の声を発した。

「ひぃーッ、先生、かっこいい！　めっちゃんこ、かっこいい！　洩れちゃいそう」

「——へっ、そうかな」

「ほら、あの人、コメディアンの黒川ぱんじぃみたい」

「まさか、おれの方がずっといい男だぜ」

壁の鏡に全身を映してみた。額の抜けあがった平面的な顔、短い首に真紅のタオル、サーモンピンクのぺらぺらコート、真っ青な毛脛にぶかぶかのズック。なるほど、すばらしくキッチュな極彩色だ。

「あたし、いままで知らなかった。遠野先生にこんなセンスがあるなんて」

「ばか。好きでやってんじゃない」

あまりに褒めるものだから、わるい気はせず、遠野はポーズをつくった。

「昨日、どこかでゲイのパレードでもあったの」

「ない、ない。そんなものは」

「先生のストッキング、毛が生えてるのね」

「…………」

「照れないで。素直になるのよ」

「もういい。やめてくれ」

しつこいオカマだ。白塗りの風船顔に松ぼっくりみたいなカツラ、蛍光オレンジのワンピースが張り裂けそうに肥っている。

「ママを女と見込んで頼みがあるんだ」遠野はスツールに腰をおろした。

「あら、うれしい。あたしはいつでもいいわよ」

「服と金を……一万円ほど貸してもらえないかな」

「なんだ、いったいどうしたの」

「昨日の夜、芦屋の令夫人とデンジャラスなアバンチュールをしたのさ。そこへヤクザの亭主が帰ってきて……」適当な作り話をしてやった。

奈々子は涙を流して笑いころげ、

「でも、あたしの服は女物しかないわよ」という。

「ジーンズくらいあるだろ」

「この体型でジーンズが穿けるわけないでしょ。スラックスだったら、むかし着てたパンタロンスーツがあったっけ」

「いい。それで我慢する」

下着とシャツとセーター、靴下と靴も貸してくれといった。

「分かった。待ってて」

奈々子はカウンターの奥の階段をあがり、五分ほどして、ショッピングバッグを手に降りてきた。テーブルの上でバッグを広げる。遠野は白のシルクショーツとブラウス、紺のとっくりセーター、モスグリーンのパンタロンスーツ、ベージュのソックスを選んだ。靴はパンプスしかないというので遠慮する。

「ここで着替える？」奈々子の眼が妖しく光った。

「いや……」遠野はそそくさとトイレに入り、着替えた。ブラウスもセーターもサイズはぴったりだが、パンタロンは短すぎてくるぶしが見えた。

焼きうどんと味噌汁を奈々子に作ってもらって食べ、ビールを三本飲んで花車をあとにした。

4

東の空が白みかけ、始発の電車に乗ろうという会社員がぽつりぽつり駅に向かっていた。彼らは勤め帰りのオカマを眺めるような冷やかな視線で遠野を一瞥し、遠野は昂然と胸を張って睨み返す。コンビニエンス・ストアの前で近所の自治会長の大村を見かけ、思わず声をかけそうになったが、大村は気づかず歩いていった。

消防署を過ぎて急勾配の坂をあがり、公民館の角を曲がったところで、中瀬タネが道路の落ち葉を掃いているのに出くわしてしまった。タネは男神山一のスピーカーだ。

「おや、遠野はん」

タネは遠野が変人だと思っているようだから、モスグリーンのパンタロンスーツに驚きはしない。

おはようございます、遠野は丁寧に頭をさげた。

「おたく、なんぞあったんだっか」

「はっ……？」

「いえな、昨日の夜中から、ぎょうさんの自動車がこの坂をあがっていって、なにかいなと思たら、おたくの邸のまわりでポリスが走りまわってる。遠野はんとこ、泥棒でも入ったんちがうかいうて、えらい噂してたんだっせ」

いわれて、遠野は緊張した。ははは、と笑いながらタネに訊く。

「ぼくは昨日留守をしてたんです。……それで、警官はどうしました」

「朝方には帰ったみたいやけど、なんぞあったんだっか」

「それはこちらが訊きたいですね」

一礼して、歩きだした。坂をのぼりきってまっすぐ二百メートル行けば家に帰り着くが、途中の小径を右に折れて雑木林に入った。八五郎池をぐるりと迂回して男神山へ登り、笠地蔵の社から、ふもとにある三百五十坪の自宅を見おろす。敷地のまわりの道路に不審な車は見あたらず、警官らしき人影もない。おそらく、尿検査の結果が出て、遠野の覚醒剤容疑は解消したのだ。

艱難汝を玉にする。千里の道も一歩から。——思えば長い苦難の旅だった。希有な体験は遠野の人物をひとまわりもふたまわりも大きくし、日本彫刻界にとって多大なる貢献をもたらすであろうと確信した。

遠野は笠地蔵に供えられた腐りかけのリンゴを食べ、ひとつ柏手を打ってから山を降りはじめた。家の鍵は持っていないが、アトリエの窓ガラスを割って、そこから中に入るつもりだ。

八五郎池のフェンスの脇を抜けてふもとに出た。用心して自宅の玄関にはまわらず、裏のガレージのパイプシャッターをこじあけようとした途端、

「発見、脱走犯発見!」叫び声が聞こえた。

振り向くと、どこに隠れていたのか、制服警官が腰の拳銃に手をあててこちらに走ってくる。

「抵抗はやめろ!」必死の形相だ。

遠野は反射的に走りだした。いまにも撃たれそうで背中が冷たくなり、信じられないほど足が速く回転する。ごみ置場を駆け抜け、生垣を飛び越し、擁壁をよじのぼり、用水路を跳んで竹林を突っ切ると、行きあたったのが八五郎池。フェンスの破れ目から侵入して堤の窪みに隠れようとしたら、土が崩れて尻から落ちる。滑りながら灌木の枝をつかんだが折れて睾丸を強打し、頭から水中に突っ込んだ。ゴボゴボと水を飲んで浮かびあがり、死にものぐるいで暴れるうちになにかが手に引っかかって、息も絶え絶えにしがみつく。大きな発泡スチロールの塊だった。

「発見。遠野を発見!」

堤の上で、さっきの警官が叫んでいる。「抵抗はやめろ」

ばか野郎、誰がいつ抵抗した——。

遠野は発泡スチロールをビート板に見立てて、バタ足で水をキックした。去年の春、紗香に誘われて一カ月だけスイミングスクールに通ったことがある。

「待て、待たんか、遠野」

おととい来やがれ――。

池の真ん中へ進むうちに体が冷えてきた。発泡スチロールは不安定で左右に浮き沈みし、ここで凍えたらまちがいなく溺死してしまう。

情けなさに涙がこぼれた。遠野公彦、四十二歳。紗香とも美菜とも聖子ともなんら関係せず、亜実のヘアも見ないままに八五郎池の藻屑と化してドジョウに食われてしまうのか。

こわばった顔をもたげたとき、遠野の眼前に〝島〟が出現した。これぞ天祐、天女の誉れ、気力を奮いたたせて前進し、それが葦の浮洲であることに気づいた。何百匹というカメが重なりあって甲羅干しをし、水音が近づいても逃げようとしない。

遠野はようやく浮洲にたどり着いた。円盤状の浮洲は広さ約六畳、這いあがると半分近くが水面下に没して、ちょうど一人分の体重を支える浮力しかない。カメを二十匹ほど払いのけて乾いた藻と水草を積み、そこに仰向きになって寝た。紺碧の空にひと刷けの雲、トビが悠然と舞っている。

「観念せんかい。もう逃げられへんぞ」

また警官の声がした。こういうとき関西弁の口上は間が抜けている。見ると、どこで調達したのか、ふたりの警官がゴムボートを漕いでこちらに向かっていた。池のまわりは野次馬でいっぱいだ。「遠野はん、がんばれ」嗄れ声は中瀬タネらしい。

「逮捕する」警官のひとりが立ちあがった。

「来るな、寄るな」

浮洲とゴムボートの距離は十メートル、遠野はそばでいちばん大きなカメをつかむなり、大きく振りかぶって投げた。狙いたがわず、カメは放物線を描いて警官のヘルメットにヒットし、プルシャンブルーの制服がスローモーションでダークグリーンの水中へ転落した。はじける飛沫、断末魔の叫び。映画の一シーンのような美しい映像だった。

「ぐわわぁーッ」残る警官がわめいた。拳銃を抜く。「うっ、撃つぞ」

ずぼっと足が浮洲を突き抜けて腰まで水に浸かった。死なばもろとも、遠野は手あたりしだいにカメを投げつける。怯えた警官はカメを避けそこね、バランスを崩してボートが転覆した。やったぞぉ！　野次馬の喚声が起こり、万雷の拍手が男神山を揺るがす。

拍手に応えて手を振ったとき、すぐ前にふたつの頭が浮かんだ。ぷはっと水を噴きあげる。とろろ昆布のような水草が顔全体を覆い、赤い眼がぎろぎろしている。

「抵抗はやめろ」右の頭がいい、

「逮捕する」左の頭がいう。

「来るな、寄るな」

遠野は討伐しようとしたが、まわりにはもう投げるカメがない。浮洲を突き抜けた足はむなしく水を掻く。葦の穂をつかんでやみくもに振りまわしたら、腰から胸までめり込んで、いよいよ動きがとれない。

「観念せい」

警官たちは這いあがり、重みで浮洲は端から沈みはじめた。肩から首へ、ずぶずぶと遠野も沈んでいく。

「おっ、おっ、おれを殺す気か」

「やかましい」

「逮捕する」

「人殺しーッ」

嗚呼《ああ》、カメも仏もないものか――。

吸血鬼どらきゅら

枕元で電話が鳴った。なかば夢心地で手を伸ばしたら受話器は毛むくじゃら、キャインとひと吠えしてピンキーがおれに嚙みつき、「あ痛た、た」嚙まれた腕をさすりながら受話器をとった。

「わしや」下品な嗄れ声は係長の熊谷だった。

——泉山台《いずみやまだい》のマンション工事現場で飛び降りや。すぐに出てくれ。

——飛び降り？　自殺ですか。

おれは壁の時計を見た。午後十時十五分。焼肉屋から帰ってきて、アイデアスケッチをはじめたのはいいが、いつのまにやら眠ってしまっていたらしい。

——未遂や。黒マントを着た中年男が十一階から飛び降りるというて、えらい騒ぎになっとる。

——単なる人騒がせやないんですか。飛び降りる、飛び降りるというて、ほんまに飛んだためしがない。それに、ぼくは明日、二週間ぶりの非番ですねん。

明日は忙しい。午前中はカルチャーセンターで七宝焼の講習、午後は富田林《とんだばやし》棋友連の例会、夜は安藤狂泉先生の句会と、ぎっしりスケジュールがつまっている。

――これから図案をね、考えんといかんのですわ。

――図案？　また、ろくでもない趣味に走っとるな。

――七宝焼です。明日はペンダントを作るんです。

――ほな、編み物はやめたんかい。

――あれはベストとセーターを編んで卒業。まわりがおばさんばっかりやし、ちょっと恥ずかしいですわ。

――わしは七宝焼も充分、恥ずかしいような気がするけどな。

――ループタイを作ったら、係長に進呈します。

――ええい、そんなことはどうでもええ。飛び降りの中年男が、「ばん」を呼べというとるんや。

――な、なんですて。

おれの名は確かに伴進平だが……。

――男の身元は。

――判明してない。おまえの親戚か知り合いとちがうんか。

――親戚や友達に、飛び降りマニアはいてませんけどね。

──ごちゃごちゃいうてんと、現場へ来い。泉山台駅から百メートルほど南へ行った線路脇のマンションや。

電話が切れた。ピンキーを押しのけてタンスの抽斗《ひきだし》を開ける。靴下をはき替え、手編みのクルーネックセーターの上にダウンパーカをはおって、アパートを出た。春とはいえ、夜は寒い。泉山台の駅まで、バイクで五分だ。

高いフェンスと鋼板を敷地のまわりにめぐらせた『泉寿《せんじゅ》パークハイツ』工事現場の周辺道路は、数百人の野次馬でごったがえしていた。みんな呆《ほう》けたように上を向き、中にはビデオカメラを構えた物好きもいる。線路を挟んだスーパーとパチンコ屋の屋上に投光器が二台ずつ据えられ、パークハイツ最上階の鉄骨を照射していた。

おれはフェンス沿いにバイクを駐《と》めて現場出入口へ走った。警備の制服警官に名前と身分を告げ、双眼鏡を借りた。

「どこや、くそったれのあほたれは」

「あの、ごま粒がそうです」

警官の指さす先、光の輪の交錯するところに焦点を合わせる。……いた。マントのような黒い衣服をまとった男がH型鋼に腰かけて足をぶらぶら揺らしている。そして、そこから右に五メートルほど離れた柱脚に、へっぴり腰のデブ──主任の田島だ──が抱きつき、そのまた後ろに先輩の浅井がくっついて、ふたりして男になにやら話しかけている。

「ここ、エレベーターは」

「ないはずです、工事中やし」

「かなわんな……」

警官に双眼鏡を返して、懐中電灯を借りた。ロープをまたぎ越して現場内へ入る。ビルはコンクリートを打ち放したままで、内装工事にはかかっておらず、天井から壁、床までグレー一色だった。どこかアルカリくさいセメントの臭いが鼻を刺す。

エントランスホールの左奥、鉄扉の向こうに階段を見つけた。まるで鍾乳洞のような竪穴を、懐中電灯を足許に向けてゆっくりあがっていく。七階の踊り場を折り返したところで周囲の壁面がなくなり、赤茶色の太い鉄骨がジャングルジムのように建ちあがっていた。

階段室の建屋を出て、鉄筋を組んだ型枠ベニヤの床を東へ歩いた。線路側の端、ひときわ高くなった鉄骨に光があたってシルエットになり、そのシルエットの下にコート姿の熊谷が立っている。

「——どうも、ご苦労さんです」

一礼し、熊谷に声をかけた。

「えらい遅かったやないか、え」

すごむように熊谷はいう。「——膠着状態や。由良木は説得に耳を貸しようらん」

「ユラキ？　それがあいつの名前ですか」

「ついさっき、名乗りよったんや。由良木虎雄、五十二歳。おれは作家や、文豪やと喚《わめ》いとる」

「由良木虎雄ね……。文豪というよりは、サーカスの猛獣使いでもした方が似合いそうな名前や」どこかで聞いたような気がする。思い出せない。

「おまえ、由良木の知り合いか」

「とんでもない」

おれは手を振った。「それより、由良木が作家やというのはほんまですか」

「テレビに出たことあるみたいやな。ほれ、新大阪テレビの『街の人気者』。本人はホラー作家と自称しとるけど、由良木の本なんぞ見たことも聞いたこともない」

「『街の人気者』て、口から火を吹いたり、逆立ちして髪の毛で字を書いたりする変人ばっかりが出る番組やないですか」

「その変人が、なんでおまえを名指ししたんや」

「ちょっと待ってください。由良木は確かに、ぼくを呼べというたんですか」

「まちがいない。伴進平をここへ連れてこいと、わしがこの耳で聞いたんや」

熊谷は断言し、こくりとうなずく。

「さぁ、分かったら、上にのぼっていって、主任と交代せい」

「えっ、ぼくが上に行くんですか」

「なんじゃ、その顔は。文句あるんか」

「けど、ぼく、由良木とは知り合いでもなんでもありません」

「いちいち言いわけするな。おまえも一係の捜査員やろ」

「係長、ぼくは高所恐怖症ですねん」

「やかましい。それがどないした」

トランシーバーの紐を肩にかけられ、熊谷に背中を押されて、よろよろと歩きだした。東の端の柱脚にムカデの足のような踏みしろの浅い鉄梯子が熔接されている。

「ああ……」

おれは華奢《きゃしゃ》な手すりを握りしめて、おずおずと下を見た。薄汚れたデザートブーツのほんの三十センチ先に奈落の闇が口をあけている。遠く線路の向こうに四つの投光器、周辺道路の車と野次馬が豆粒のように見えた。

「係長……」振り返った。

「なんじゃい」

「ぼく、幼稚園のころからね、高所恐怖症ですねん」

「ええい、うるさい。とっとと上へ行け」

とほほほ——気力を振りしぼって登りはじめた。冷たい汗が背筋を伝い落ちる。胃から酸っぱいものがこみあげた。

「――係長、もう動けません」

八階の梁《はり》の幅は約四十センチ、とてもじゃないが立っては歩けない。頭の芯が痺《しび》れるように熱く、全身の皮膚が粟だっている。

「安心せい。墜死したら骨は拾たる」

「嘘やない。ほんまに、ほんまに高所恐怖症ですねん」

「そうか。それはめでたい」

熊谷は塩ビパイプを拾いあげ、おれの尻を突っついた。鬼だ、こいつは。

柱脚にしがみついて立ちあがり、鉄梯子だけを見つめて一段一段のぼっていく。死ぬ思いで十階の梁にたどり着いたときは、眼がかすんで睾丸が縮みあがり、四つん這いになったまま硬直していた。

――係長、もう、もうあきません。限界です。どうぞ。

トランシーバーのボタンを押して、いった。

――この早漏め、泣きそうな声出すな。どうぞ。

――誰が早漏ですねん。どうぞ。

――小便ちびるなよ。どうぞ。

――とっくに、ちびってますがな。どうぞ。

少なからず論旨がずれている。おれは熊谷が嫌いだ。

「こら、なにをごちゃごちゃいうとる。早ようあがってこんかい」

十一階の梁から、田島が顔をのぞかせた。「由良木はおまえを呼んどるんや」

「けど、主任……」

「さっき、テレビの中継車が来た。みっともない真似するな」

「は、はい……」涙がこぼれる。

おれの初恋の相手は幼稚園のクラスメートで、谷口麻衣という、色の白い髪の長い子だった。ある秋の日の昼下がり、手をつないで家に帰る道すがら、麻衣は丘の上に大きな栗の木があるのを見つけて、あの実をとってくれ、とおれにせがんだ。おれはウンといって栗の木によじのぼり、てっぺんまであがってイガに手を伸ばしたが、ふと下を向くと、麻衣がずいぶん小さくなってこちらを見あげている。途端におれは恐怖心にかられ、手足が固くなって降りることができない。わんわん泣いているところへ、ブーンと羽音がしてオレンジ色の蜂が飛んできた。払いのけようと帽子を振りまわしたら、蜂は数十匹に増えて、おれに襲いかかる。頭を刺され、ふとももを刺されて墜落し、気がついたときは病院のベッドに寝ていた。左腕を骨折し、右足首を捻挫して全治二カ月。なんであんな高いところに登ったんや、と母親に叱られ、それから二、三日して、麻衣が見舞いにきた。麻衣は蜂に刺されて腫れあがったおれの頭を見て、クフッフンと笑った。あの笑い声をおれは生涯忘れない。

以来、おれは高所恐怖症を自覚し、飛行機に乗ったこともなければ、通天閣にあがったこともない。一度、ジェットコースターに乗って卒倒しかけたこともある。

麻衣は成長するにつれて、とんでもない肥満児になり、中学二年のとき、東京へ引っ越していった。たぶん一生結婚できないだろう——。

「おい進平、ぐずぐずするな」田島のいらだった声。

「ほら、命綱や。これを体に括《くく》りつけるんや」

浅井が上からロープをたらしてくれた。

「そんな……。手が離せません」

「ややこしいやつやな」

浅井は舌打ちしながらもロープを輪にしておろしてくれた。頭から輪の中に入った瞬間、ロープが引き絞られる。

「うぐぐぐ……」苦しい。息ができない。

「がぎぎぎ……」

おれは猿《ましら》のように立ちあがり、モモンガのように梯子を駆けのぼる。

「ばかたれ。命綱を首に巻くやつがあるかい」

「うげっ、うげっ」痙攣《けいれん》しながらロープをほどいたときは十一階の梁の上にいた。

「由良木はおまえを呼べというたきり、わしらの話しかけになにひとつ反応せん。眼が据わっとるから、いつ飛び降りるかと気が気やない」

田島はおれの腰にロープを縛りつけながら、耳元でささやく。「そやから、由良木と話できるのはおまえだけや。おまえの説得にあいつの命はかかっとる。……落ち着いて、にこやかに話しかけて、まちごうても興奮はさせるな」

「あいつ、クスリをやってるてなことは」

「それは分からん。時間を長びかせたら事情もつかめるやろ」

「由良木はぼくの名前をいうたんですか。泉山署の伴進平を呼べというたんですか」

「いや、泉山署とは聞いてへんけど……」

田島は歯切れがわるい。「伴進平とか、平進とか、そんなことをほざいとった」

「――もひとつ、納得できませんね」

「それやったら、自分の耳で聞いてみんかい」

田島は舌打ちし、「お待たせ。これが伴進平です」

と、由良木に声をかけて、おれを前に押しやった。

「うん？」と、梁の五メートルほど向こうに腰かけた由良木がこちらを向いた。黒マントに黒のタキシード、真紅の蝶ネクタイが眩《まぶ》しいほどのライトに映える。

「遅かったじゃないか、ローレンス・ヴァン・ヘルシング教授。待ちかねたぞ」

「はあ……？」おれは柱脚に抱きついたまま微動だにできない。

「まず、後ろの汚《けが》らわしい男どもに、この場から失せるよう命じたまえ」

「いや、それはですね……」

「もう一度いう。ヘルシング教授、その男たちを泉下冥府《せんかめいふ》に追放するんだ」

「由良木さん、我々は泉山署の警察官です」

「ばかもの！」痩せた体のどこから出たかと思うような大声を由良木は発した。

「因果因縁の幾星霜、君はまたしても、このわたしに策を弄するつもりか。……たとえ、その男たちがピストルを所持していたとしても、悲しいかな、日本警察は銀の弾を支給されていない」

「おい、進平」

浅井が小声でいった。「ヘルシング教授とかいうのは、おまえのことかい」

「どうやら、そんな感じですね」おれも小声でかえす。

「あいつになにを教えとるんや。刺繍か、編み物か、将棋か、俳句か」

「さっきからなんべんもいうてますがな。ぼくはあんなやつ、知りませんて」

「ふーむ」浅井は長いためいきをつき、由良木に向かって話しかけた。「わしら、銀の弾は持ってまへんけどね、金の玉なら、ここにふたつほどぶらさげてまっせ」

「げ、下劣な」

由良木はのけぞった。「名を名乗れ」

「浅井、浅井修三といいますけど」

「すると、おまえの正体はアーサー・ホルムウッド。わたしのこの歯牙によって永遠の命を授けられたルーシー・ウェステンラの婚約者だったのか」

「あんた、なにいうてまんねん」

「ヴァン・ヘルシングとアーサー・ホルムウッド。ここで会ったが百年めだ。トランシルバニアの仇《あだ》を大阪で討つ」

「あかん。こら本物《モノホン》や」

田島がつぶやいた。「わしは退場。あとはおまえらふたりでがんばれ」

あっさりそういい、命綱を解いて梯子を降りていった。とめる暇もない。

「ふふ、ふははは」

由良木は肩ふるわせて笑いだした。天空を仰ぎ、両手をいっぱいにかざして、「魔王ノスフェラトゥよ。あなたのご啓示により、わたしは不倶戴天《ふぐたいてん》の敵にめぐり会うことができましたぞ」

「進平」耳もとで浅井がいう。「あいつは惚《ぼ》けか」

「あんな派手な惚けがどこにいてます」

おれはかぶりを振って、「〝トランシルバニア〟で思い出した。ヴァン・ヘルシングとかいうのは確か、ドラキュラを退治した医者の名前です。ひょっとして、由良木は自分のことを吸血鬼ドラキュラやと思い込んでるのとちがいますか」

「ほな、アーサーなんとかいうのは何者《なにもん》や」

「ヴァン・ヘルシングの相棒みたいですね」

「よっしゃ、進平、わしにグッドアイデアがある」

浅井はおれの肩に提げたトランシーバーを手にとって、スイッチを押した。

――こちら浅井。十字架とニンニクを用意されたし。どうぞ。

――なんやと。十時に牛肉をどないするんや。どうぞ。

――よう聞きなはれ。十字架とニンニクです。ついでに、木の杭《くい》とハンマーも用意してもらいましょかね。どうぞ。

「ま、待った」

おれは浅井を制した。「由良木を殺す気ですか」

「十字架とニンニクを持って、あいつに迫る。痺れて身動きできんようになったところをロープでぐるぐる巻きにするんや」

「こんな狭い梁の上で痺れたら墜落してしまいます」

「そうなったら、木の杭でとどめを刺そ」

浅井はいつもこの調子だ。亥年生まれの点取り虫だから、いったんタガが外れると、前後の見境なく突っ走ってしまう。ついこのあいだも、ヤクザの愛人を尾行して、パスポートを持たずに空港税関を突破し、離陸するジャンボ機を追いかけて逮捕されたことがある。

と、そのとき、下の道路で「ウォー」というどよめきが湧きあがり、振り返ると、由良木が梁の上に立っていた。風にそよぐマントの裏地が赤い。

「センセ、危ない。立ったらあきません」

「先生ではない。伯爵だ」

「伯爵、頼むから座ってください」

「――ヘルシング教授」

「伴です。伴進平」

「ヴァン・ヘルシング教授」

「伴です。伴進平」

「とぼけるな」

「そう。実はヘルシングです」根負けした。

「わたしはバンパイアだ。蝙蝠《こうもり》にもなれるし狼にもなれる。わたしは空を飛べるんだ」

「ほう。それはけっこうですね」拍手したいところだが、余裕がない。

「察するところ、君も魔族の末裔であろう。いや、そうにちがいない」

「はいはい、おれは魔族です。吸血鬼の末裔です」

「飛べ。ヘルシング」

「あほなこと、いいなはれ」

「じゃ、わたしが飛んでみせよう」

由良木はマントの裾を持って広げた。一瞬、風をはらんでバランスをくずし、トトッとよろけて腰から梁に落ちる。ちょうど落ちたところがT字になった梁の接合部で、由良木はうまく反転し、両手両足でクモザルのようにしがみついた。ひときわ大きなどよめきが、また聞こえる。

「いまや、進平。あいつを引っくくれ」

浅井が叫び、突き飛ばされた。おれはつんのめって梁へ踏みだし、数歩走って棒のように倒れた。朦朧《もうろう》として息ができない。虚空を掻きながら墜落する自分の後ろ姿が頭をよぎる。脱力感に襲われ、梁に突っ伏したまま指の一本も動かせない。

「ヘルシング教授」

「伴です。伴進平」

眼をあけた。手を伸ばせばとどきそうなところに由良木がいた。

「気を確かに持ちたまえ。好敵手の君がそんな状態ではドラマにならんじゃないか」

「だ、誰があんたなんかと……」

「君はわたしが見えるかね」

「よう見えますがな」貧相な顔だ。

「じゃ、これでわたしを見てみろ」

由良木はタキシードの内ポケットから薄く丸いものを出して、おれの手に握らせた。コンパクトだった。

「その鏡で、わたしを見たまえ」

おれは緩慢な動作でコンパクトを開いた。鏡に由良木を映す。

「いっておくが、バンパイアは鏡に映らず、影もない」

由良木は膝立ちになった。「どうだ。わたしが見えるかね」

「はあ……」

八百屋から買ってきて冷蔵庫の隅に入れたまま一カ月も放ったらかしにしてチリチリに縮れたトウモロコシの髭のような髪をオールバックになでつけたアボカド頭、脂のまわったシャモのような眼、しなびた青トウガラシ鼻の下に豚毛歯ブラシのようなちょび髭をたくわえている。貧弱な体にまとった黒マントは垢じみて、裾のところどころにツギがあたっていた。

「答えたまえ、ヘルシング教授。わたしが見えるかね」

由良木はいまにも飛びかかってきそうだ。

「見えません。声が聞こえるだけです」ここは逆らわないほうがいい。

「そうだろう。そうだろう」

満足げに由良木はうなずき、おれの手からコンパクトを取りあげた。「ところで、君はニンニクの臭いがするな」

「――さっき、焼肉を食いました」

「この大ばかもの！　焼肉や餃子などという汚《けが》れたものは口にするな」

「申しわけございません」

おれは情けない。なにが悲しくて、こんなパラノイアのご機嫌をとっているのか。それは確かに、世の中に奇人変人はいる。しかし本来、その存在はほほえましいものであって、他人に迷惑をかける性質のものではない。なにゆえ由良木虎雄のネジは外れたのか。文学上の行きづまりか、生活苦か、人間関係の軋轢《あつれき》か。その狂的因子がどの程度であったにせよ、泉山署の管内で騒ぎを起こすことはないじゃないか。

伴は由緒ある姓だ。進平という名も気に入っている。どこをどう聞きまちがえたら、ヴァン・ヘルシングになるのだ。高所恐怖症であることは否定しないが、教授であることは断じて否定する。もうこりごりだ。おれは警察官を辞める。生きて再び地上に降り立つことができたら、必ずや熊谷に辞表を叩きつけてやる。

「昨年の夏、わたしは同志スティーブン・キングに、魔族の公民権取得に関する書簡を送った」

由良木はなおも喋《しゃべ》っている。「にもかかわらず、やつは返事を寄越さんのだ」

当然だ。キングほどの大家が、いちいち返事を出すはずがない。

と、トランシーバーが鳴った。顫《ふる》える手で紐をたぐりあげる。

——はい、伴です。どうぞ。

——十字架を三つ、ニンニクを一キロ用意した。どないするんや。どうぞ。

——あれはぼくやない。浅井さんのリクエストです。どうぞ。

あわてて打ち消し、由良木を見た。ぶつぶつ独り言をいって、こちらの話を聞いているふうはない。

——由良木の状態を報告せい。どうぞ。

——攻撃性はないので、いまのとこは大丈夫です。どうぞ。

——由良木はほんまに飛び降りるつもりか。どうぞ。

——飛び降りる気はないけど、飛ぶ気はあります。どうぞ。

——説得して下へおろせ。どうぞ。

——このとおり口は動くけど、体がいうことききません。どうぞ。

——ばかたれ。それならそうといわんかい。どうぞ。

——いいましたがな、なんべんも。高所恐怖症やと。どうぞ。

――ひとつ、ええ報《しら》せがある。おまえと由良木のいてるその位置は、資材運搬用クレーンの可動範囲になってて、これからクレーンのアームをそっちにまわす。アームの先にゴンドラを吊るから、由良木といっしょに乗り移れ。七階で二人を保護する。どうぞ。

――そんな恐ろしいこと、できるわけがありません。どうぞ。

――できへんのなら、そこでミイラになれ。どうぞ。

――あんまりや。虐待や。どうぞ。

――もうすぐ、由良木のよめはんがここへ来る。それまで時間を稼げ。

音声が切れた。なんでもいいから由良木に話しかけなければならない。

「伯爵は色がお白いですね。唇も苺のようにお赤い」

「ふふ、そうかね」

由良木はまんざらでもなさそうに応える。「高貴な生まれだからな」

こいつは男のくせに化粧をしているのだ――。

「伯爵のご趣味は」

「乗馬だ。狐狩りもするし、ポロもする」

「けっこうですね。ほかに、将棋なんかは」

「ばかもの。わたしは止気だ」

「俳句や和歌はどうです」

「得手だ。ときに遊吟することもないではない」

「ぼくもね、駄句をひねるんです」

「ほほう、俗の権化のような君がね」

由良木は梁の上で胡坐《あぐら》になった。「どんな句だ」

「笛吹けど踊らぬ狸の大ぶろしき」先月の句会で『天』をもらった句だ。

「――わるくない」

由良木は腕を組み、「まるで意味のないところに新味がある。『大ぶろしき』は『皮算用』にしたまえ」

「おもしろうてやがて悲しき独りもの」これは『地』。

「ヘルシング教授、君は寡男《やもめ》だったのか」

「寡男やない。未婚です」

「五十を過ぎて独りは辛いだろう」

「まだ三十二ですがな」

ブーンと機械音がして上方にクレーンのアームが来た。ゴンドラはまだワイヤーに取り付けられていない。

「あれはなんだ」由良木が指さした。

「さあ、なんでしょうね」とぼけた。

「見れば分かる。クレーンだ」

分かっているのなら、訊くな。

アームが停まり、鉤型のフックが降りていく。ゴンドラは地上に置いてあるらしい。

「ところで、伯爵の御句は」

注意を逸《そ》らすために訊いた。

「古池や土手の柳は風まかせ」

「はは、よろしいね」

「バンパイア後ろ姿のしぐれてゆくか」

最低だ。耳が腐る——。

「伯爵は、お子さんはいてはるんですか」

「お子さん？　そんな面倒なものはおらん」

「ご自宅はどちらです」

「居城といいたまえ、居城と」

「ご居城はどちらです」

「この先の双葉町だ。隣に菊水湯という銭湯がある」

「ああ、あの菊水湯の」

思い出した。一昨年の夏、由良木は物干し台から女湯を覗いていているのを通行人に見つかって通報され、検挙されたのだ。おれは本署で取り調べを受けている由良木をちらっと見たが、がりがりに瘦せた薄気味のわるい男で、夏だというのに黒の厚ぼったいスーツを着て、それもシャツから靴下まで黒ずくめだったことを憶えている。

「風呂屋というのは端迷惑な代物だ。湯気のせいで居城の板壁が黴《かび》だらけになっとる」

「由良木虎雄というのはペンネームですね」

「ヘルシング教授、君の好奇心は、はなはだ低俗である」

「伯爵はいったいなんのために、こんな人騒がせを……いや、こんな高いところへお登りになったんです」

「わたしはバンパイアの盟主だ。獅子座のレグルスが中天にかかる満月の夜、わたしは空に舞いあがって眷属《けんぞく》どもを糾合せねばならん」

「ほな、なんでぼくを呼びつけたんです」

「愚問だな。梅にウグイス、松に鶴、ドラキュラ伯にはヘルシングが付きものだ」

「すると、おれは刺身のツマ……」

「わるいか、え」

「いえ、めっそうもない」

「そうだ、忘れておった。わたしは飛ばねばならんのだ」

ふいに由良木は立ちあがり、マントを広げた。風をはらんで後ろにのけぞり、くるりと一回転してゴツンと柱脚に額を打ちつけた。そのまま、ずるずるとうずくまる。

「くそっ、痛いではないか。この柱が鉄でなければ、わたしのこの牙で思うさま噛みついてやるのだが」

「伯爵」

呼びかけた。ここで飛ばれたら、いままでの努力は水の泡だ。「あなたはどうして吸血鬼なんですか」

「うん？　質問の意味が分からんな」

「つまり、怪物とか妖怪にも、いろいろ種類があるでしょ。伯爵がなんで吸血鬼なのか、そのところを教えて欲しいんです」

「なるほど。学究的かつ真摯な疑問だな」

由良木はにやりとした。「バンパイアには多大な特質がある。……吸血する、感染する、昼は眠っている、変身する。かててくわえて、聖餅、聖水、ニンニク、野いばら、十字架、陽光と、負の条件を多く付与されることにより、モンスター界の水戸黄門、忠臣蔵に匹敵する衆望と普遍性を持ちえたのだ。これほどオリジナリティーに富み、かつキャラクター豊かな妖怪が他にいるかね」

「フランケンシュタインはどないです」

「あいつはただの阿呆だ」

「ミイラ男は」

「醜悪だ。包帯代が高くつく」

「ほな、ゾンビは」

「あれは腐っとる。不潔だ」

「ものすごい説得力のある分析ですね」

「だてに五十年もバンパイアをしてはおらん」

由良木が胸をそらしたとき、「あんた」と呼びかける女の声が聞こえた。そろりと梁から顔をのぞかせると、七階に白い服の肥った女が立っていて、ハンドマイクをこちらに向けている。横に熊谷と田島、その後ろには、いつ下へ降りたのか浅井がいた。

「あほなことせんと、さっさと降りといで」

「――愚妻だ」ぽつりと、由良木が洩らす。

「ほんまに恥ずかしいわ。近所に顔向けできへんやないの」

「分かるかね、あの見すぼらしい衣服、あの耳障りな声、貧しいボキャブラリー。百年の不作とはよくいったものだ」

由良木は妻に向かって舌を出す。

「なんやの、その態度は。堪忍せえへんよ」

「あいつはな、口を開けば、わたしに豆腐を売れと、ひとつ覚えのようにほざきおる」

「豆腐、ですか……」

「愚妻の実家は豆腐屋だ。それでわたしに、豆腐や油揚げを自転車に載せて売り歩けという。味噌とネギもセットにすれば、よく売れると勧めるんだ」

「……」由良木がマントをひるがえして自転車をこぐ光景を思い浮かべた。薄気味わるく、おぞましい。

「このわたしに早起きなどできるわけがない」

「あんた、聞いてんの」

ヒステリックに妻が叫んだ。「今日という今日は勘弁ならへん。今後いっさい、あんたの面倒なんかみいへんわ」

妻はマイクを下に向けた。「皆さん、この極楽トンボはね、年がら年中、タキシードと黒いマントを着て、昼は棺桶の中に電気毛布を敷いて寝てるんです。夜はスッポンの血を吸いながら小説書くとかいうてるけど、あれは真っ赤な嘘。机の前でハナクソほじってるだけなんやから」

「伯爵はほんまに棺桶の中で寝てるんですか」

「棺桶ではない。特別注文の柩《ひつぎ》だ」

「息苦しいことはないですか」

「蓋の鼻のところに、ちゃんと穴を開けてある」

由良木は熱のこもらぬふうに、「あれは一昨年の暮れだったか、柩の上に猫が座って穴から尻尾が垂れた。驚いて蓋を跳ねあげたら、ちょうど愚妻の叔母が来ていて腰を抜かしおった。年寄りは洒落が分からんでいかん」

「あんた、返事せんかいな。わたしの口紅とコンパクト、どこへ持っていったんや」

「教授、女というものは分からんな」

由良木は嘆息する。「有体《ありてい》にいって、わたしは愚妻が苦手だ。恐れてもいる。人間、理解できんものが本能的に怖いのだ」

——おれはあんたこそ理解ができない。妄想の世界にいるかと思えば、しごくまともなこともいう。

「遠くシーザー、クレオパトラ、道鏡、孝謙上皇の時代から、世界の歴史は愛憎と私怨によって形成されてきた。これはまさに恒規であり、ゆえにわたしは愚妻とのしがらみを絶つことができないのだ」


「進平、ゴンドラや」下で、浅井がいった。

左下に眼をやると、さしわたし三メートルほどの細長いゴンドラ——ビルの窓拭き用だろう——がゆっくりあがってくる。

「伯爵、ぼくといっしょに下へ降りましょ。あのゴンドラに乗って」

「考えてものをいいたまえ。こんな衆人環視の中で、仇敵の君と仲良し行動がとれるか」

だめだ。またおかしくなってきた。

「伯爵が飛べるのはよう分かってます」

おれは梁に額をつけた。「このとおりです。ここはひとつ、ヘルシングめに花を持たせてください」

七階に降りたら首を絞めてやる。

「ふむ、そうか……」

由良木は頬を掻きながら、「積年の恨みはあるが、君のその隷属的言動が気に入った。飛ぶのはゴンドラの中からでもいいだろう」

ゴンドラが梁のすぐそばで停まった。すぐそばといっても、梁との間隔は三一センチ。ゴンドラにはパイプを組んだ手すりが付いているが、その下は目の荒いフェンスになっていて、地上が素通しで見える。床はぺらぺらの鋼板。おまけにゆらゆら揺れている。

おれはまた膝が震えだした。脳幹が冷たくなり、脊椎が硬直する。

「ヘルシング教授、顔が真っ青じゃないかね」

由良木は立ちあがった。「君はどうやら、その、高所恐怖症だな」

ゴンドラの手すりをつかみ、ひょいとまたぎ越してカゴの中に入った。

「呪文だ。高所恐怖症克服の呪文を教えてやろう」

「……」

「わたしのいうとおりに唱えたまえ。『我はヤモリ、我はヤモリ、オーランガウータン、オーランガウータン、ウキッ、ウキッ』」

「……」

「進平、しっかりせんかい。命綱をつけてるやろ」浅井がいった。

そう、おれはロープを腰に巻いているんだ。

大きく息を吸い、奥歯を噛みしめた。しゃくとり虫のように腰をあげ、なめくじのように躙《にじ》り寄る。我はヤモリ、我はヤモリ――。片手を伸ばしてゴンドラの手すりをつかみ、最後の気力を振り絞って膝立ちになる。オーランガウータン、オーランガウータン――。肘《ひじ》を張って前方に体重をかけ、頭からゴンドラの中にころがり込んだ。鼻とあごをフェンスの隅にこすりつけて、突っ伏したまま起きあがれない。

ガタンとゴンドラが揺れて、下降しはじめた。十一階から十階、浅井が手を振りまわしながら叫んでいる。

「進平、綱をほどくんや。宙吊りになってしまうぞ」

「あっ、ああ……」おれは気づいて、うろたえた。ロープの結び目は腰の後ろにあって、両手がうまくまわらない。ロープのもう一方の端は、十一階の柱脚に三重、四重に括りつけられている。簡単には解けないのだ。

「待て、待ってくれ」十一階から宙吊りになれば、まちがいなく気絶する。下界の野次馬に大小便を撒き散らしたあげく、そのまま昇天してしまうかもしれない。

「ロープ、プリン、リンゴ、ゴリラ、ウキッ、ウキッ……」

おれはほとんどパニックになり、ゴンドラの中で踊りはじめる。

「大変だ！」

由良木が絶叫した。「ヘルシングが狂った」

十階、九階、ゴンドラはなおも下降し、ロープのたるみがなくなった。おれは床から浮きあがり、尻から糸を出した蜘蛛のように両手両足で宙を掻く。由良木がおれを抱きとめ、おれも由良木にしがみつく。視界がくるくるとまわり、もはやこれまで、と眼をつむった瞬間、綱が解け、おれは逆さまになってゴンドラの床に転落した。

「伯爵！」

涙が噴き出した。「あなたは命の恩人です」

「水くさい。百年の仲ではないか」

由良木も荒い息をつぐ。白粉《おしろい》が流れて縦縞《たてじま》のだんだら顔になり、アボカド頭はパイナップルに変わっている。

「こうなったら、ふたりしてヒーローになりましょう」

こぶしで涙を拭った。「手を携えて俗界に降り立つんです」

「ふむ、それも趣向だが……」

由良木はつぶやきながら、立って手すりから上体を乗り出し、地上を眺めまわす。「ずいぶん人が集まっておる。やはり、彼らはわたしが飛ぶのを……」

「あかん。あきません」

おれは由良木のマントを握りしめる。なぜか知らん、友情を感じた。「お願いやから、今夜は蝙蝠をやめて、狼に変身してください」

「ヘルシング教授、あれはなんだね」

由良木が指をさした。「この真下だ。大きな白い座布団のようなものがある」

訊かれて、おれは床の鋼板の隙間から下をのぞいた。

「ああ、あれはエアマットです。人命救助用の」

少なからず安堵した。消防の救急隊員だろう、マットの周囲に七、八人の男がいる。

「気に入らん。マットの真ん中に青い十字が書いてある」

「十字やない、ここに飛び降りろというバツ印です」

「あのマットは国産かね」

「さあ、知りません」

「ライフ・セキュリティー・グッズは米国製がいい。ダイハード・インフェルノ社のエアマットがベストだ」

「はいはい、そう伝えます」

八階から七階へさしかかって、ゴンドラが停止した。同時に、ビル壁面の型枠の陰から熊谷と田島、浅井が躍り出た。

「由良木虎雄、身柄を保護するから、ここで降りなさい」

「なんだ、こいつらは」由良木が身構える。

「あんた、無駄な抵抗はやめとき」左の柱の陰から現れたのは由良木の妻だった。

「伯爵を刺激したらあきません。お怒りを買います」と、おれ。

「こら、進平。どっちの味方や」

田島がいい、由良木に向かって銀色の十字架をかざした。

「ひぇーっ」由良木がのけぞる。

「この、ろくでなし」妻がわめきたてる。

「これでもくらえ」

浅井がニンニクを投げつけ、水鉄砲で水をかけた。

「くっ、苦しい」

由良木は胸を掻きむしり、よろよろと後退して手すりにもたれかかった。床が傾《かし》いで、足が宙に浮く。

「危ない！」おれは由良木に飛びついた。

瞬間、床がドスンと下降して、おれと由良木はだんごになって回転し、なにかにぶつかって投げ出される。したたかに頭を打ち、はっと我にかえると、ゴンドラはひっくりかえってワイヤーが垂れさがり、おれは由良木の腰にしがみついて、ぶらりぶらりと揺れていた。風が股間を吹き抜け、足の下にはなにもない。

悲鳴にも似たどよめきが響き渡り、熊谷たちは口々に叫びをあげるだけで、ロープの一本も投げてきはしない。

「あんた、手を放したらあかん。その男を蹴落とすんや」

ひとりまともな言葉を吐いているのは由良木の妻だ。

「ヘルシング教授」

つぶやくように由良木がいった。「一蓮托生だな」

「ああ……、ああ……」

「呪文を唱えるんだ。『変身、変身、我は蝙蝠、我は蝙蝠』」

「へが、へが……」言葉にならない。

「ばかもの。しっかりしろ」

「わっ、われ、われ……」

由良木の腰は細い。ズボンが徐々にずりさがる。

「望みがかなった。わたしは君と飛びたかった」

「あが、あが、あが……」

「そう、これが運命だ」

由良木は手を放し、おれたちは月に向かって飛んだ。

ユーザー車検の受け方教えます

1

春沢は煙草を吸いつけて、麗《うらら》の膝に手をおいた。

「おれな、こないだ、おかしな夢を見た」

「へーえ、どんな夢」

麗は春沢の手をぴしりとやった。

「どういうわけか、おれは浦島太郎になって龍宮城へ行ったんや。タコの乙姫さんが隣に座って、スケスケのスカートをめくると、きれいな脚が八本もあった。『どの脚がお好き？』と、乙姫さんが訊くから、おれは『触ってみんと分からん』と答えた。『じゃ、どうぞ』と、乙姫さんは脚を広げた。おれは八本の脚をじっくりなでまわして、『これにします』という途端に、乙姫さんは墨を吐いて、あたりは真っ暗け。眼が覚めてしもた」

「最低。いつも、そんな夢見てるの」

「いつもやない。麗ちゃんと会うた日だけ」

「なんか、想像しそう。脚が八本もあったら、どんなパンスト穿くんやろ」

「白いレースのパンストや。麗ちゃんのとそっくりな」上体を丸めてスカートの中をのぞき込んだ。

「わっ、エッチ」

麗は膝を跳ねあげ、煙草が折れて鼻先に火花が散った。

「あっちちち」

春沢は飛びあがり、頭のてっぺんに麗が水割りをかける。「つっ、冷たい」

「消えたよ。煙草」

「ありがとう」頭頂部に髪を寄せてなでつける。

「ね、センセ、お鮨を食べようよ。タコの話を聞いて食べたくなったわ」

「鮨ね。あんまり好きやないな」

鮨は好きだが、値段が嫌いなのだ。回転鮨ならいくらでも食う。

「センセ、今日は車？」

「うん、そうやけど……」区役所裏のパーキングに駐《と》めている。

「じゃ、お鮨を食べたあと、お家に送ってくれる」

「えっ、ほんまかいな」

「うち、センセに相談しようかな」

少し舌足らずの甘えたものいいで、思わせぶりに麗はいう。

「相談て、なにを」

「うちね、引っ越ししたいねん」

「引っ越し……」

「うち、いま高石に住んでるんやけど、お店にはちょっと遠いでしょ。帰りのタクシー代もばかにならへんし、この近くに部屋を借りようかなと思て」

「へーえ、麗ちゃんは高石やったんかいな」前は確か、泉北だと聞いたはずだが。

「そう。高石の東羽衣」

東羽衣は逆方向だ。ここは堺の翁橋《おきなばし》で、春沢は羽曳野に住んでいる。

「ね、センセ」

麗は耳もとに顔を寄せてきた。「うちのスポンサーになる気はない」

「へっ、スポンサー……」

「センセってね、かわいいねん。最初に見たときはマンホールから出てきた河童みたいやったけど、一九分けの頭にも馴れてきた。うち、センセのこと、好きになったんかもしれんわ」

「お、おれも麗ちゃんが好きやで」

「お手当ては十万円。月に二回デートしてあげる」

あっさり、麗はいう。「ね、いい条件やと思わへん」

「思う。ええ条件や」反射的に答えた。とりあえず二回はできる。

「じゃ、乾杯」

麗がグラスを差し出した。春沢はウーロン茶で乾杯する。

「な、ついでにキスしよか」

「それは、あ、と、で」麗は指を立てて小さく振る。

「うれし……」春沢はピピンとなった。


『パンクドール』は十二時にはねるので、春沢はいったん外に出た。たとえ三十分の延長料金でも払うのは惜しい。

パーキングから愛車を出して、ドラッグストアへ寄った。バイアブラ黄帝液を買って飲む。コンドームも買おうかと思ったが、麗に笑われそうな気がしてやめた。シャツとブリーフは『通勤清潔』をつけているので支障なし。

パンクドールの通用口近くに車を停めた。ここで張っていれば、麗を逃すことはない。ヒーターを弱にして、八代亜紀のCDをかける。

やったな。とうとうやった――。春沢はほくそえみ、快哉を叫んだ。パンクドールには、かれこれ五十回は通っている。指名の女の子も、里佳から真咲、裕希から藍と変遷し、麗にいたって、ようやくなんとかなりそうな感触を得たのである。

そう。春沢の読みは正しかった。正直いって麗は美人ではないが、若さと愛敬がある。年齢は十九歳。砂浜に打ち寄せられて干からびたホンダワラのように縮れた茶髪、どこかしら焦点のぼやけた黒眼がちの瞳、ぽってりと煽情的な厚い唇、わずかに二重になった丸いあご、太く短い首、その太さにつりあった大きな胸、押せばはじけそうな張りのあるヒップ、膝からふくらはぎ、くるぶしにかけてのたくましい曲線——麗を初めて見たときの衝撃は、春沢を一瞬にして二十歳《はたち》の青春にひきもどした。

人間《じんかん》到る所青山あり、人間万事塞翁が馬、棚からぼた餅、果報は寝て待て、蓼食《たで》う虫も好き好き、破鍋《われなべ》に綴じ蓋、と次々に言葉が浮かんでは消える。

そうや、やっぱりコンドームを買うとこ——。春沢は車を降りてドラッグストアに走った。

うち、ダイエットしてんねん——いいつつ、麗はにぎりを十二皿も食べた。トロ、ウニ、アワビ、ヒラメと、時価の鮨ばかりを呑み込むように口に入れ、春沢はタコとイカとかっぱ巻きを食った。味はほとんど分からない。頭の中でレジカウンターの数字がくるくるまわった。

「あーあ、あかんわ。またお腹いっぱい食べてしもた」

「どこがダイエットや、え」春沢は独りごちる。

「うん、なにかいった」

「いや、なにも」

鮨屋の勘定は一万九千六百円、伝票を見て眼から火が出た。見栄をはって釣りはもらわず、ふらつく麗を引っ張って車に乗った。

「ね、センセ、この車、なに」げっぷをして、麗が訊く。

「ボルボや。V70クラシック」

「外車？」

「スウェーデン製や」

自慢じゃないが、車だけは自慢だ。週に一回は洗車し、月に二回はワックスをかけて、雨の降りそうな日は乗らない。去年の夏、同僚がワーゲンの下取りに出すというのを、むりやり譲ってもらったのだ。買値は百九十万円だったが多喜江には二百二十万だといい、三十万をへそくりにまわした。

「これ、後ろが広いね」

「ワゴンタイプや。ボルボはセダンよりエステートのほうがずっと人気があるんやで」

エンジンをかけた。ライトをつけて発進する。

「ね、センセ、この車で荷物を運んでよ」

ふと思いついたように麗がいう。「うち、ほんまは借りる部屋を決めてんねん」

「なんと、早手回しやな」

「田出井町《たでいちょう》の新築マンション。家賃は九万円で、敷金は三カ月分。センセが引っ越しをしてくれたら、最初のお手当ては半分にしてあげる」

「いきなりディスカウントかいな。麗ちゃんはええ子やな」

五万円で二回もできる。春沢の股間に電流が走った。

「そやし、センセ、敷金も半分でいいわ」

「なんやて……」

「また、とぼけて。センセとうちの契約金やないの」

麗は春沢のふとももに手をおいた。五本の指で鮨をつまむようになでさする。

「払う。払います。敷金の半分」

勃起しつつ計算した。九かける三かける二分の一――十三万五千円だ。

「引っ越しは今週中ね。うち、センセの事務所に電話する」

「職場はまずい。おれが麗ちゃんに電話するから」

麗には売れっ子のコピーライターだと称している。御堂筋本町に事務所を構えていて、有能なスタッフを三人使っていると大風呂敷を広げた。

「じゃ、忘れずに電話して。あとで番号を教えるね」

麗の手が上にきた。春沢は完璧に怒張する。「うわっ、やらし。大きくしてるわ」

「ああっ、いつのまに」

「その信号、右。しっかりしてよ」

中央環状線を右折した。フェニックス通りを西へ向かう。

2

「——もののあはれ、とは古代後期の代表的な文芸理念を表す語であり、本居宣長は『源氏物語玉の小櫛』で作中から〝もののあはれ〟の用例十二カ所を引用し、この物語の本質が〝もののあはれ〟にあることを実証的、科学的に論証するとともに、この精神こそが日本文学の本質であると説いた。この語の意味するところは——」

春沢は教壇のパイプ椅子に座ってノートを棒読みする。生徒は眠っているのが半分、残りはぼんやり天井を見ているか、横を向いて喋っているか、いずれにしろ講義を聞いているのはひとりもいない。

くそっ、なんやねん——昨日のことを思い出すと、情けなさに涙がこぼれる。麗の部屋はプレハブのアパートの二階で、前に車を停めた途端、「センセ、今日はダメ」ときた。風呂がつぶれていてシャワーが使えないという。シャワーなんかええやないか。センセって鈍感、女の子は恥ずかしいのよ。ほな、銭湯へ行くか。わざわざ銭湯まで行ってエッチしたくないわ。そうか、困ったな。センセ、今度の引っ越しの日に、新しい部屋でしようよ。シャワーはつぶれてへんやろな。うち、センセが好きやし、三回したい。おっ、三回も。約束ね、はい、指切り——。

うまく騙された気がしないでもない。麗はキスのひとつもさせてはくれず、つまりは小指をからめあっただけだ。

ま、ええか。麗の電話番号は聞いたことやし——。

０９０・２２８０・７４××、と頭の中で反芻する。今朝の十時、職員室から電話してみたら、「白川です」と、麗の眠そうな声が聞こえた。麗の苗字は白川というらしい。むろん春沢は口をきかず、すぐに電話を切った。

「——であるからして、感情的、主観的な〝あはれ〟が触れることによって生じる情緒世界が伝統的に形成され、優美、繊細、沈潜、好色の諸要素が観照性をもって濾過されたものが〝もののあはれ〟であり、その特質が源氏物語の中に完成した形で典型的に表れているとするものである」

講義は単なる言葉の羅列で、自分でもなにをいっているのか分からない。毎年、同じノートを使っているのだから、いっそテープレコーダーで音声を流せばいいのだろうが、それでは給料がもらえない。なんというか、ＰＴＡの口出しと生徒の非行さえなければ、温泉気分の安楽な商売ではある。

「そこ、北村、脚を閉じろ。井本は涎を垂らすな」

退屈したので、ちょっかいを出した。

四時半に学校を出て、外環状線を南へ。多喜江に肉と白菜を買ってきてといわれたのを思い出し、ジャスコへ行こうと軽里の交差点を左折したら、交番のそばに警官が立っていた。ピピッとえらそうに笛を吹いて、春沢のボルボに手招きする。うっとうしいが、車を停めた。

「――なんです」ウィンドーをおろした。

「検問です」

若い警官だった。季節をまちがえて地上に出てきたセミのような間抜け顔。「すみません。こちらへ入っていただけますか」

交番横の空き地へ入れ、という。

「なんやねん。おれがなにしたというんや」

「シートベルトをしてませんね」

「ああ、ベルトね。忘れてた」ベルトを引き出して締めた。

「残念やけど、もう遅い」

勝ち誇ったように警官はいった。「どうぞ、こちらへ」

「おれは高校の教師やで。生徒を指導監督する立場にあるんや」

「それがどうかしたんですか」

「万引き、かっぱらい禁止。カンニング、不純異性交遊厳禁。おれは生徒の非行防止に日夜努力してる。いわば、あんたらの協力者やないか」

「それはどうも、ありがとうございます」

「分かったらええんや。ほな、また……」笑って手を振った。

「待ちなさい。逃走するんですか」

「誰が逃走するんや、こら」

「どうぞ、こちらへ」

セミ警官はしつこい。後ろにもうひとり、痩せぎすのナナフシみたいな警官がいる。

春沢は舌打ちして、空き地にボルボを入れた。ほかに三台の車が調べを受けている。

「免許証を」

「ちょい待ち。おれがベルトをしてないことで誰に迷惑かけたんや」

「事故が起きたとき、怪我をするのはあなたですよ。あなたがもし重傷を負ったりしたら、相手が迷惑します」

「おれが好きで迷惑するんや。いっしょに怪我してくれとは頼まへんわい」カッとして混乱した。

「とにかく、免許証を見せてください。シートベルト着用義務違反で一点の減点。反則金はありません」

冷静な口調で警官はいう。検問用のマニュアルがあるのかもしれない。

「くそったれ」免許証を出した。警官は受け取って、

「春沢敦也さん、四十六歳。羽曳野市東羽曳丘三丁目十三の二十八。……ご職業は」

「高校教師。人望あり」

「高校の先生ね」

警官は復唱しながら、青い切符に書き込んでいく。春沢はふてくされて煙草を吸いつけた。

警官にけむりを吹きつけてやる。

「今日はどちらへ行かれるんですか」

「なんで、そんなことを訊く」

「いちおう、定《き》まりですから」

「買い物や、買い物。そこのジャスコでロースと白菜と糸こんにゃくを買う」

「今晩はすき焼きですか」

「そんなことはどうでもええやろ。おれがすき焼き食うたら、あんたは卵を割るんかい」

「失礼。この質問は余計でした」

セミ警官はあわてて軽そうな頭をさげる。こいつはやはりノータリンだ。

「この車は先生の所有ですね」

「あたりまえや。ボルボのV70がレンタカーに見えるか」

「車検、今年の二月ですね」

警官はフロントウィンドーのステッカーを覗き込んだ。「念のため、車検証と自賠責証書を見せていただけますか」

「なんでそんなもんを調べるんや。車検は今月いっぱいやないか」

今日は二月六日だ。まだ三週間以上の余裕がある。

「先生、誤解してませんか。今月末が車検の有効期限やないんですよ」

「……」一瞬、不安になった。ステッカーに日付は書いていない。車検証や自賠責証書など見たこともない。

「さ、車検証を」

「ふん」グローブボックスから車検証を出した。すばやく眼を走らせると、《有効期間の満了する日・平成××年二月五日》となっている。あ、あかんがな……。

「先生、どうしました」

「なんでもないわい」声がかすれる。

「無車検運行は六点。一発で免停ですよ」

セミ警官は上眼づかいに、にやりと笑った。

「たった一日のちがいやぞ。それをまた、鬼の首とったようにはしゃぎくさって、『先生も運がわるいですね。節分の豆まきはしたんですか』とぬかしよった。あいつが警察官でなかったら、おれは二、三発、キックかましてる。あいつはきっと縁故採用で、高校のときはアニメクラブのオタッキーや」

「それで、レッカー代はいくら？」険しい顔で多喜江はいう。

「出張費と合わせて一万五千円やったかな」

車検のないボルボを走らせることはできず、警官がレッカー車を手配して、駐車場まで運んだ。

「罰金はいくら？」多喜江のこめかみがぴくぴくする。

「分からん。免停の申し渡しのときに通告されるんやろ」

二週間後、春沢は大阪区検察庁の交通分室へ出頭しなければならない。無車検運行の罰金は三十万円以下だろうが、それをいうと多喜江が暴れだす。

「もう、車通勤なんかするからや。ガソリン代も高いのに」

それまで乗っていた軽四を廃車にしてボルボを買うとき、多喜江は大反対した。狭いカーポートにボルボは駐められないから、近くに屋根つきの駐車場を借りている。

「あんな金食い虫、売ってしもたら。車検もないことやし」

「ひどいこというなよ。電車は疲れるんや」

「電車より火の車の方が好き？」

「車検はディーラーやなしに、代行業者でとることにする。こないだ、チラシが入ってたやないか」

「代行業者て、なによ」

「車検代行業者や。二万円の手数料で車検がとれますと、そう書いてあった」

誰がなにをいおうと、ボルボを手放しはしない。なにがなんでも今週中に車検をとり、麗の引っ越しをして、三回するのだ。

「車検がたったの二万円やて、軽四より安いやないの」

「法定費用は別や。自賠責の保険料と重量税が七万ほど要る。それでも、十万以下で車検がとれるんや」

「それ、あんたの小遣いから出してね。わたしは知らんよ」

「おい、そらあんまりやで。パートの金があるやないか」

「わたしのお金はわたしのもの。あんたの車はあんたのもの」

多喜江は天井を向いて素知らぬ顔。そこへ襖が開いて、博之が金色のパイナップル頭をのぞかせた。

「なぁ、食い物ないか」

「さっき、ご飯を食べたばっかりやない」

「パンクなロッカーはいつも腹を空かしてるんや」

「冷蔵庫に昨日のカレーがあるでしょ」

「おれは餃子がええ」

「もう、しゃあないね」

多喜江はカーラーだらけの大きな頭を振って、のそのそと立ちあがった。ベージュのカーディガンの裾がほつれてクルクルと糸をひき、春沢はブタの尻尾を連想した。

3

水曜、昼。春沢はチラシを手に、職員室の電話のボタンを押した。

――もしもし、光車検サービスさん？

――はい、ありがとうございます。

――車検をお願いしたいんやけど、今週中にとれますかね。

――ええ。朝、お車を預けていただいたら、その日のうちに。

――料金は二万円やね。

――はい。二万円きっかりです。

――整備費とかオイル代とか、あとで請求しませんか。

――お車に故障がなければ、余分な費用はかかりません。

――車はボルボのエステートですわ。Ｖ70クラシック。

――あ、それ、外車ですね。

――そう。スウェーデン製です。

胸を張っていった。北欧、スウェーデン、なんと心地よい響きであろう。

――申しわけありません。当社は国産車だけを扱っているんです。

――ボルボは右ハンドルですよ。アクセルは右で、ブレーキは左。

――いや、そういう問題じゃなくて、外車はお断りしているんです。

――なんでお断りするんです、え。

――それはいろいろと事情がございまして。

――分かった。あんたはぼくが〝ヤ印〟方面の人ではないかと疑うてる。そうやろ。

――まさか、そんな……。

――ぼくは地上げ屋でも不動産屋でもない。まして多重債務者でもない謹厳実直な公務員やで。

――すみません。とにかく外車はお断りします。

電話が切れた。

「この、くそばかたれ」春沢は受話器に罵声をあびせて、ハローページを繰る。車検代行会社は南大阪に十数社あった。

——もしもし、内外オートです。

——車検をお願いしたいんですが。

——どうも、ありがとうございます。

——車はボルボです。V70クラシック。

——ごめんなさい。うちは国産車だけなんですよね。

——あ、そう。

受話器を置いた。暗雲が漂う。


春沢は片っ端から車検代行業者に電話をし、すべて断られた。そばで聞き耳をたてていた英語科の小泉が話しかけてくる。

「春沢先生、いっそユーザー車検にしたらどないです」

「ユーザー車検？」

「所有者が検査場に車を持ち込んで、車検をとるんです。検査料は確か、千八百円ほどやと聞きましたわ」

「千八百円!?　……よし、それや」

手を打った。「検査場はどこです」

「さあ、どこですかな」

小泉は首をひねる。学年主任のくせに無責任なやつだ。

春沢は堺中警察署に電話をかけた。交通課で車検場云々を訊くと、羽曳野からいちばん近いのは和泉陸運事務所だといい、ユーザー車検予約センターの電話番号も教えてくれた。

「禍福は糾《あざな》える縄の如し、か」

独りごちて、ボタンを押した。すぐにつながって、テープの音声が聞こえる。

――こちらはユーザー車検予約センターです。検査を申し込まれる方はプッシュボタンの〝1・#〟をお押しください。

春沢は指示どおりにした。

――検査場の案内をいたします。寝屋川車検場をご希望の方は〝1・#〟を。南港車検場をご希望の方は〝2・#〟を。和泉車検場をご希望の方は〝3・#〟をお押しください。

春沢は〝3・#〟を押した。

――二月八日から十四日までの予約を受け付けています。八日なら〝8・#〟、九日なら〝9・#〟と、お押しください。

「けっ、いちいち面倒やろ」つぶやきつつ〝8・#〟を押した。

――検査開始時刻は九時および十三時です。九時をご希望の方は〝1・#〟を。十三時をご希望の方は〝2・#〟をお押しください。

少し考えて、〝1・#〟を押した。勝負は早いほうがいい。

——予約を受け付けいたしました。メモをご用意ください。予約番号は７９６１２、予約番号は７９６１２、予約番号は７９６１２——。

ばかが永久に喋っている。小泉のデスクダイアリーを破りとって、番号を書いた。

とんとん拍子にことが運んで、すこぶる気分がいい。なにより、二万円が千八百円になったのだから、これに勝るよろこびはない。

「天網恢恢疎にして漏らさず、おれは麗に三回漏らす」煙草をくわえた。

「春沢先生、ここは禁煙ですよ」

数学科の太田和子がヒステリックな声をあげた。

へへっ、おととい来やがれ——。春沢は煙草を耳にはさんで職員室を出た。

4

二月八日、木曜、快晴。

春沢は午前七時に家を出て駐車場へ歩いた。鞄の中は印鑑とボルボの納税証明書、それと財布に現金が十五万円。車検証と自賠責保険証書は車のグローブボックスにある。学校には昨日、有給休暇の届けを出しておいた。

美原南インターから阪和自動車道にあがった。対向車線はそろそろ渋滞しかけているが、南行きはがらがらに空いている。堺インターから泉北二号線に降り、カーナビを見ながら、まっすぐ西へ向かう。四キロほど走って突きあたりの三叉路を右折すると、左に《大阪陸運支局和泉自動車検査登録事務所》という案内標示があった。

あかん。早よう来すぎてしもた——。まだ七時四十分、ゲートは閉まっている。

そのままゆっくり走って、早朝営業のファミリーレストランに入った。モーニングのB定食を注文する。ホットドッグにゆで卵とサラダ、淹れっ放しのコーヒーは苦いだけだが、六百円なら我慢できる。

八時四十五分まで粘って、レストランを出た。陸運事務所のゲートは開いていて、広大な構内のあちらこちらに乗用車やトラックが停まっている。敷地はおそらく一万坪を越えているだろう。

春沢は〝一番〟の事務所前にボルボを駐め、階段をあがった。検査登録のカウンターで、ユーザー車検と申告したら、陸運賛助会で所定の用紙を購入し、印紙を貼付して、五番事務所へ行くよう指示された。事務所はすべて別棟で、一から順にナンバーがふられている。

賛助会の売店で、継続検査申請書、自動車検査票、自動車重量税納付書、定期点検整備記録簿を買った。四枚セットで六十五円は安い。検査手数料として千八百円、重量税として五万四百円の印紙を申請書と納付書に貼り、ついでに自賠責保険の継続契約（三万八百三十円）もして証明書をもらう。

なんと、八万三千九十五円や――。頭の中で算盤《そろばん》をはじいた。これがディーラー車検なら二十万近くの費用がかかるのだ。

20−8＝12。浮いた十二万円で麗の契約金のほとんどが払えるではないか。ね、センセ、優しくして――。麗の姿態が眼に浮かぶ。スイカのような胸、デラウェアのような乳首。タコの乙姫は黒い墨を吐くが、麗はピンクの喘ぎ声を洩らす。

「三回やで、三回……」頑張らねば、と決意を新たにする。

「あの、まだなにか」売店の女の子がいう。

「いや、なにも」

賛助会を出て五番の事務所へ行った。ドアに《ユーザー車検受付》とある。係員に継続検査申請書と定期点検整備記録簿の書き方を訊くと、親切に教えてくれた。春沢はサンプルを見ながら記入して、

「予約番号は79612です」

「はい、了解。車に乗って検査場へ行ってください」

役所にしては迅速でシステマチックな対応がよろしい。

春沢はボルボを運転して車両検査場にまわった。体育館のような大きな建物で、中に四つのラインがあり、流れ作業で検査をする。各ラインの手前には二十台以上の車が並び、検査はもうはじまっていた。受検のドライバーはほとんどがプロの整備工らしく、ツナギの作業

服を着て、てきぱきと検査員の指示に応えている。

なるほど、こいつはリンゴやミカンの選果場みたいなものなんや――。車は一方通行で入口から出口に流れ、故障や違法改造があればハネられる。ボルボは週に一回洗車をし、月に二回はワックスをかけているから、まず引っかかることはないだろう。

車が一台ずつ前に進み、春沢の番がきた。少なからず緊張する。紺の制服を着た検査員がボルボの前に立って、

「ライト」と、仏頂面でいう。

「は、はい……」なぜかしらん、ワイパーが動く。

「ワイパーやない。ライト」

「すんません」ヘッドライトをつけた。

「はい、あげて」

検査員が指を立てる。春沢は手をあげた。

「――おたく、なにしてんの」

「いや、その、ちがいますか……」

「ライトをあげるんです。ハイビームに」

それなら、そうといえ――。ハイビームにした。

「ウインカー」

「あ、はい」ウインカーを点滅させた。右、左、右、左……。

「ハザードランプ」

「はい」どういうわけか、ワイパー液が噴き出す。

「おたく、初めて？」

「ユーザー車検です」にこやかに答えて媚を売った。

「あ、そう」検査員は片頬で笑い、「検査票を」

「はい」自動車検査票を差し出した。

検査員は検査票を斜めに見ていたが、

「これ、車検が切れてるね」

「はあ、二月五日に……」

「どうやって、ここへ来たんです」

「運転して来ましたけど」

「それ、無車検運行やで」

「ちゃんと予約しました。予約番号は７９６１２です」

「そんなことは関係ない。道路運送車両法違反です」

「しかし、車検をとるには、その車が必要やないですか。整備工場や代行業者は車をトラックに積んでくるんですか。……どこにもそんなトラックは見あたりませんよ」

春沢は懸命に抗議した。車検がないからこそ、わざわざ学校を休んで、ここまでボルボを運転してきたのではないか。

「車検の切れた車はね、仮ナンバーをつけて走行するんです」

熱のこもらぬふうに検査員はつづけた。隣のラインのカローラを指さして、「ほら、あの車がそうですわ」

見ると、ナンバープレートに赤い斜めの線が引かれている。

「へーえ、知らんかった」

「知らんかった、では済まへんね。検査は仮ナンバーをとってから受けなおすように」

「けど、ここで車検をもらわんかったら、羽曳野に帰れんやないですか」

「レッカー車を手配するから、牽引して帰ってください」

「そんなあほな……」

「わしは警察官やないけど、事実を知った以上、違法を黙って見すごすわけにはいかん。とにかく、仮ナンバーをつけて出直してください」

「あのね、ぼくは府立高校の教師ですねん」

「それがどうしました」

「行く川の水は絶えずして、水清きがゆえに魚棲まず、です」

「おたく、大丈夫かいな」

「おたがい、同じ公務員やないですか。清濁併せ吞む器量がないと」

くそっ、千円ほどチップを渡そうか――。

そこへ、後ろの車のクラクションが鳴った。こら、なにしてんねん、遅いぞ、猿のような男がウィンドーから顔を出してわめいた。

「邪魔です。ラインを外れてください」検査員は邪険に手を振った。

「しゃあない、仮ナンバーをとりますわ。何番の事務所です」

レッカー車など、もってのほかだ。週に二回も牽引されてたまるか。

「陸事で仮ナンバーは出せません。居住地の市役所へ行ってください」

「なんですて……」

「レッカー車、どないします。自分で手配しますか」

検査員はだんご鼻を指で搔きながら、さもうれしそうにいう。

和泉から羽曳野まで、レッカー車の料金は三万四千円だった。

5

午後一時、春沢は羽曳野市役所に入った。二階の環境防災課でボルボの車検証と自賠責証書を提示し、申請書に記入捺印して、仮ナンバープレートを受け取った。有効期限は二月十二日までで、料金は七百五十円。なにをするにも申請書と手数料が要る。

タクシーで駐車場にとって返し、ボルボのナンバープレート二枚を外して、仮ナンバープレートに付け換える。封印したネジの部分が錆びついていて、思い切り蹴りつけたらステーが折れた。それがまた癪に障る。

腹が減って眩暈《めまい》がしたが、なにも食わずに和泉へ向かった。早くしないと午後の検査が終わってしまう。

二時四十分、陸運事務所に到着。車両検査場には五十台あまりの車が並んでいた。さっきの検査員には会いたくないので、四番ラインの最後尾にボルボをつける。

車が進んで春沢の番がきた。なんと、また、あの検査員だ。

「――ほほう、奇遇やね」

「二番ラインの担当とちがうんですか」

「おたくのボルボが見えたからね」

「どこが奇遇ですねん」

「へーえ、ちゃんと仮ナンバーとったんや」

「三万四千七百五十円ね」文句あるか、こら。

「フロントのランプ類の検査は省略しましょ」

検査員はリアにまわった。「ブレーキランプを」

春沢はブレーキを踏んだ。

「左のランプが点かへんね」

「そんなはずないですよ」また因縁をつける気だ。

「ほな、自分で見てみなさい」

いわれて、車を降りた。検査員がブレーキを踏む。確かに左のランプが切れていた。さっきプレートを蹴りつけたせいかもしれない。

「――どうしたらいいんです」

「バルブを交換するんやね。ゲートを出て左へ行ったらスタンドがあるわ」

「はいはい、そうでございますか」大声でわめき散らしたい。

検査ラインを外れた。府道を北に走ってガソリンスタンドへ。バルブは三百五十円で、マニュアルブック片手に自分で交換した。

検査場にもどって、また並んだ。三十分待って検査再開。

「わし、おたくをいじめてるわけやないんやで」と、検査員。

「蛾の火に赴くが如し。泣く子と地頭には勝てませんわな」怒る元気もない。

「ボンネットを開けてください」

「はい、はい」ロックを解除し、車を降りてボンネットフードをあげた。検査員は覗き込ん

で、

「なんと、きれいなエンジンルームや」

「月に一回、固絞りの雑巾で拭いてますねん」

「ブレーキオイルがないね」

「えっ、ほんまですか」狼狽した。

「はは、冗談です」

「……」

「はい、ファーストステージは合格。次へどうぞ」

　検査員は検査票にゴム印を押し、春沢は眼がしらを熱くした。

　第二ステージはサイドスリップ検査とブレーキ検査、スピードメーター検査だった。正面の電光掲示板が《進入》表示になり、春沢は床の白線に沿ってゆっくり前進する。前後輪をテスターに乗せたところで停止した。

「ギアをニュートラルにして」天井のスピーカーから指示が聞こえた。

「はい」セレクターレバーをNレンジに入れた。我ながら千際がいい。

　テスターのローラーがまわりはじめて、タイヤが回転する。電光掲示板が《フットブレーキふむ》という表示になったのでブレーキを踏んだ。車体がわずかに浮きあがって振動する。

「駐車ブレーキ」

「はい」ハンドブレーキを引いた。

「もどして」

「はい」ハンドブレーキをもどした。

電光掲示板の《前輪》《後輪》に緑のマル印がついた。合格だ。

「ちょろいもんや」独りごちる。

電光板が《スピードメーター検査・40キロでパッシング》と変わった。春沢はステアリングに両手を添えてスピードメーターを凝視する。いくら待ってもメーターの針は動かない。

「そこのボルボ、車検は初めて？」スピーカーが訊いた。

「はい。ユーザー車検です」ウィンドーから頭を出して答えた。

「ギアを入れてアクセルを踏みなさい。走行状態にして、メーターが40キロになったらパッシング」

「は、はい」セレクターレバーをDレンジにした。アクセルを踏み込む。エンジン音が高まってステアリングが左右に振られ、徐々にスピードがあがっていく。メーターの針が四十キロを越えたところで、すかさずパッシングした。

「よし、OK。ブレーキを踏んで」

電光板の《スピードメーター》に緑のマルが点いた。

「へへっ、ちょろいもんや……」膝が震え、冷たい汗が背筋を伝う。

表示が《ヘッドライト検査・ライト上向きにつける》となった。春沢はヘッドライトをつけ、ハイビームにする。太いアームに取り付けられた電子レンジのような箱が車の前を右から左に移動した。なぜか電光板に赤いマルが点く。

「光軸が歪んでるね」

「あ、はい……」

「そのまま前進」

テスターから降りて五メートルほど進んだ。停止してハンドブレーキを引く。《排気ガス検査・プローブを入れる》と、電光板の表示。プローブというのは排気ガスの検査棒らしい。

春沢は車外に出てプローブを手にとった。長さ一メートルほどの細いパイプで、尻にホースがついている。先端をマフラーに挿入すると、電光板の《CO》《HC》が緑になって、《記録前進》と表示された。

春沢は自動車検査票を自動検査記録機に差し込んだ。カチャッと音がして、検査票に結果がスタンプされる。『サイドスリップ』『CO・HCガス』『ブレーキ』『スピードメーター』『保安灯火装置』の項には合格印があったが、『ヘッドライト』には印がなかった。

ジーザス、さっきの〝光軸〟や――。

舌打ちしてシートに座り、ハンドブレーキをおろして、第三ステージに進む。そこは下回り検査で、床の中央に穴の開いたピットに車を進入させると、《車両振動装置に前輪を乗せる》と表示された。春沢はピットの前方の溝が振動装置だと見当をつけ、少しアクセルを踏み込んでタイヤを乗せた。

「このボルボは初めて？」

いきなり、右横のスタンドスピーカーから声が出た。ピットの下に検査員がいるらしい。

「ユーザー車検です」

スピーカーに向かって答えた。車の動きのぎこちなさで、それと分かるようだ。

「ブレーキを踏んで」

「はい」踏んだ瞬間、車が激しく振動した。「あっ、ああ……」思わず悲鳴が洩れる。

「ブレーキを離して」

「ああ、ああ……」足を離した。

「ハンドルから手を離して」

「ああ、はい……」手を離した。

「エンジン停止」振動がとまった。エンジンを切る。

「ハンドルを左右にまわして」

「はい」いうとおりにした。

「駐車ブレーキを引く」

「はい」レバーを引いた。

シャシーの下回りからコツ、コツ、と音が聞こえはじめた。検査員がハンマーを使っているらしい。春沢は上着の袖で額の汗を拭った。

「ディスクパッドが減ってるね。定期点検は」

「してます」

一度もしたことはない。そういえばブレーキがキーキー鳴っていた。

「パッドを交換してください」

「はい、了解」

「リアの右タイヤが偏磨耗してる」

「おっと、そうですか」

「ディファレンシャルのオイル洩れがある」

「はいはい、了解」

「前進してください」

なぜか、記録せよとはいわなかった。春沢はピットを出て車を停める。

右前のブースから作業帽をかぶった検査員が出てきた。黒縁眼鏡を指で押しあげて、

「検査終了です」

「合格しましたか」

「ヘッドライトと下回りを整備して、再検査してください」

検査員は腕の時計に眼をやって、「今日はこれまで」

「そんな、あほな……」

「再検査は必ず、この車検場で受けるように。光軸と下回りの他は検査を免除します。民間整備工場に持ち込む場合は限定車検証の交付を受けることを忘れずに」

「明日、また来ます。予約はどうするんです」

明日は金曜だ。明日中に車検をとらないと、三回できない。

「予約は五番事務所で。早よう行かんと閉まりますよ」

「アスホール！」春沢は車に飛び乗った。

6

二月九日、金曜、晴れ。

学校に電話して休暇の届けをし、午前九時に家を出た。春沢はよく休んで自習が多いから生徒には人気がある。校長、教頭なんかくそくらえ。出世はとうの昔にあきらめた。

駐車場の近くの整備工場に車を持ち込み、ディスクパッドを交換してくれといったら、ボルボの部品は取り寄せになるといわれた。そんなもん国産でよろしいわ。そういうわけにはいきません。そいつは困ったな。——しばらく考えて、富田林のPLゴルフ場のそばに外車の解体工場があったのを思い出し、そこへ走った。運よくV70の事故車がころがっていて、一台分、四千円でパッドを買った。整備工場にとって返し、オヤジにパッドを渡すと、ぶつぶついいながら交換した。

ついでにヘッドライトの光軸とデ、コ、レ、ー、ショ、ン、も頼みますわ。なんでっか、デコレーションて。オイルが洩れてるみたいなんです。ああ、デフのことね。——オヤジはディファレンシャルのドレンプラグを増し締めし、ランプの光軸を調整した。工賃はひっくるめて一万四千円。ぼったくられたような気がしないでもない。

十一時二十分、羽曳野のタイヤショップへ行き、リアのタイヤを二本、交換した。セール品で一万九千六百円なり。偏磨耗の原因は不明だが、知ったところで車検には関係ない。

よっしゃ、これで万全や——。吉野家で牛丼を食べ、和泉陸運事務所に向かった。

午後一時、検査開始。並んでいるところへ、昨日の第一ステージの検査員が寄ってきた。

「あれっ、また来たんですか」

「光軸と下回りでひっかかりましてね」

「ユーザー車検は大変ですな」

やかましい。あっちへ行け——。

「ま、ええ心がけや。愛車には責任を持たんとね」

検査員は厭味たらしくいって、離れていった。

第二ステージ。ヘッドライト検査は合格。第三ステージの下回り検査も合格した。検査票に記録をし、総合判定欄に完了印を押してもらう。

やった、やったぞ――。春沢は万歳を三唱した。黒船来航、赤信号停止、臥薪嘗胆、刻苦勉励、不断の努力が報われたのだ。

駐車場にボルボを駐め、第一事務所の継続検査窓口に全書類を提出した。五分待って、真新しい自動車検査証とステッカーが交付され、自賠責証明書、24ヶ月定期点検整備記録簿が返却された。春沢は車にもどってフロントガラスのステッカーを貼り換え、仮ナンバーを外してもとのナンバープレートに付け換えた。書類をグローブボックスにしまって、陸運事務所をあとにする。

思えば長い二日間の道のりであった。塞翁の馬は糾える縄の如く、千辛万苦によって汝を玉にした。

センセ、優しくして――。ふいに麗が現れる。タコの頭のような胸、吸盤のような乳首。春沢はかぶりを振って幻影を消去した。遠く西の空にピンクの雲がたなびいている。

市役所に寄って仮ナンバープレートを返却し、駐車場に向かった。軽里の交差点を左折したら、交番のそばにあのセミ警官が立っている。ピピッと笛を吹いて、春沢のボルボを停めた。

「――いったい、なんですねん」

ウィンドーをおろした。前の検問に懲りてシートベルトは締めている。

「飲酒運転の取締りです。お酒、飲んでませんか」

「こんな昼間から、誰が酒飲むんや」

「今日は西浦の農林センターでワイン祭りがありましてね」

警官は図々しくヘルメットの頭を中に入れてきた。くんくんと鼻を鳴らして、「うん、飲んでませんね」

「痴れ者。あたりまえじゃ」

「ところで、車検はどうなさいました」

しっかり憶えていやがる――。

「ちゃんと、とったわい。このステッカーが眼に入らんのか」

「おお、新しい……」

「もうええか。まだ文句があるか」

「いや、ありません。失礼しました」

セミ警官は敬礼し、春沢は車を発進させた。――と、警官はまた笛を吹いて春沢を呼びとめる。

「しつこいな。なんやねん」

「後ろのナンバープレート、封印がありませんね」

「封印？　仮ナンバーをつけるときに捨てたがな」

「車検をとったのは、どこのディーラーで」

「ユーザー車検や、ユーザー車検」

「封印のないプレートは違反です」

「──ねえ、あんた、おれに恨みでもあるんかいな」

「恨みはないけど、番号標表示義務違反です」

「分かった。このとおりや。堪忍して」

手を合わせて拝んだ。官権力とはこうも執拗苛斂なものなのか。

警官は少し迷っていたふうだが、

「仕方がない。陸事へ行って再封印してください。今日中にそれを見せてくれたら切符は切りません」

「あんた、ほんまはええひとなんや……」思わず、涙声になった。

「いま、三時半です。早よう行かんと陸事が閉まりますよ」

ウィンドーをあげるなり、春沢は走りだした。

陸運事務所には再封印申請書というのがあった。封印を棄損した理由を書いて車検証といっしょに差し出し、承認印をもらう。それを封印事務棟に持参して、係員にボルボの車台番号を確認させ、ようやく封印のアルミキャップを装着してもらったときは五時五分前だった。

春沢は休むまもなく交番に走り、すべては落着した。肩の荷が降りて腑抜けたようになり、これではいかんとバイアブラ黄帝液を二本飲む。近くのパチンコ屋の駐車場にボルボを駐めて、携帯電話のボタンを押した。

――もしもし、白川です。

――ああ、麗ちゃん。

――誰……？

――春沢でございますよ。

――センセ、なにしてたん。電話もくれんと。

――ボルボのな、車検をとってたんや。麗ちゃんの引っ越しをせんといかんから。

――わるいけどセンセ、もういいわ。

――なんやて……。

――引っ越しは、ほかのひとに頼んでん。センセとの契約もキャンセル。

――そんなあほなことあるかいな。おれはなんのために……。

——うち、昨日でパンクドールをやめたし、もうセンセと会うこともないね。

——あ、あんまりや。

あきらめて。センセとうちは縁がなかったんや。

——ほかのひとて誰や、え。

——センセの知らん、かっこいいひと。ヤングエグゼクティブな土建屋さん。

——くそっ、二股かけてたな。

——ごめんね、センセ。パンクドールの菜摘に、センセのことよろしくっていっといたから。

——菜摘て、どんな子や。

——ほら、女子高で柔道してた子やんか。

——ああ、あれか。

思い出した。一度、ヘルプで春沢の隣に座ったことがある。麗に輪をかけて肥った戦車《タンク》のような子だ。えくぼがかわいかった。

——菜摘はセンセのことがタイプやて。指名したって。

——も、もちろんや。

——来月、引っ越ししたい、ていってたよ。

——よっしゃ。引っ越しなら任さんかい。

無駄ではなかった。幾多の困難にもめげず、ユーザー車検をとった甲斐があった。

——じゃあね、センセ。もう電話かけんとってね。メールもせんとってね。

電話は切れた。

そうか、菜摘はおれのことが好きか——。春沢はほくそえむ。

しかしながら、里佳から真咲、裕希、藍、麗から菜摘と、指名の子を変えるたびに身体が大きくなっていくのはどういうわけだろう。春沢はぽっちゃり系が好みではあるのだが……。

パンクドールの短縮ボタンを押した。

——ちょっと訊きたいんやけど、今日、菜摘ちゃんは何時ごろ出勤するかな。

シネマ倶楽部

1

狂軌会の先輩彫刻家、畠中晋弥の紹介で映画プロデューサーがアトリエに来た。プロデューサーというから、てっきり男だと思っていたが、現れたのは妙齢の女性で、それもとびきりの美人だった。遠野は襟首と裾の伸びきったよれよれのセーターに膝の抜けたコーデュロイのズボンを穿《は》いていたことを後悔したが、着替えをするのもわざとらしい。寝癖で突っ立った髪をバンダナで隠し、目脂《めやに》を拭き、鼈甲縁《べっこうぶち》の眼鏡をかけてプロデューサーに応対した。

「初めまして。遠野です」名刺を差し出した。

「お忙しいところをすみません。吉永と申します」

名刺を受け取った。《大東邦映画社京都撮影所　所長補佐　チーフプロデューサー　吉永ゆりえ》とある。

「いいお名前ですね。ぼく、大ファンです。吉永小百合さんの」

「よくいわれるんです。あの名女優にあやかったんでしょうって。……父がサユリストなんです」

サーモンピンクのマニキュアをした細い指先で栗色の前髪を払い、にこやかに吉永はいう。ハスキーな声、歯並びがきれいだ。白のツーピースにワインレッドのブラウス、胸もとに真珠のネックレスがのぞいている。左手の中指に小さめのダイヤのリング。ピンヒールのパンプスはブラウスと同じワインレッドだ。

「そのバンダナ、お似合いですね」

「カリビアン・パイレーツです」

「はぁ……？」

「カリブ海のね、海賊ファッションです」

バンダナは唐草模様だ。美大の学生だったころ、東寺の弘法市で買った。

「お家の中でもバンダナを巻かれるんですか」

「制作するときはね。……このあと、モデルが来るんです」

モデルなんか来ない。暇でしかたないから昼すぎまで寝ていたのだ。

「素敵ですね、彫刻家って。わたし、クリエイティブな職業の方に憧れます」

「ほかに能がありませんからね。ま、彫刻しかできないってことですよ」

なんとかうまいことといって、吉永ゆりえをモデルにできないかと考えた。長身でスレンダー、胸は大きく、ウエストは細い。白いストッキングの脚は膝下のラインがきれいで足首がきゅんと締まっている。こういう肌のきめこまかな色白の女は統計的に乳首が上向きで、臍《へそ》が浅く、ヘアが濃いはずだ。

「失礼だが、ぼくは吉永さんを見てハッと胸を打たれました。あなたはぼくのアーティスティックマインドをいたく刺激します。もしよろしければ、あなたをモデルにして頭像を制作したいという希求が生じましたが、いかがですか」

いきなり裸になれというのは戦略としてまずい。まずはじめは頭像だ。それがＯＫなら、次は胸像。そうして裸婦像に移行するのが素人を落とす高度なテクニックだ。

「頭像って、わたしの顔ですか」

「顔をふくめた頭部です。粘土で形作ってブロンズで鋳造します」

「恥ずかしいな。わたし、頭が大きいんです」

「そうは見えないが……」

「後頭部が張ってるんです」

「ああ、才槌《さいづち》頭ね。ハンマーヘッドともいう」

「わたし、気にしてるんです」

「失礼。つまらんことをいいました」

「でも先生、ブロンズって高価なんでしょ」

「鋳造費はぼくが持つ。あなたはモデルをしてくれるだけでいい」

「このあと、モデルさんが来られるんじゃないんですか」

「あなたがＯＫしてくれるのなら、モデルは断ります」

「それは少し考えさせてください」

ゆりえは軽く首を振って、「わたしの話を聞いていただけないでしょうか」

「ああ、そうでしたね。あなたがあまりに美しいから余計なことばかりいいました」

遠野はカウチソファにもたれ、ゆりえの脚を見つめた。白いストッキングには細かなレース模様が入っている。こういうストッキングは統計的にパンストではなく、片方ずつガーターでとめているはずだが。

ゆりえは遠野の視線を意識したのか、スカートの裾を前に引いて、

「畠中先生からお聞きおよびかと存じますが、わたしどもは映画を自主制作して全国の封切館に配給しております」

「ほう、そうですか」

「先生もご存じのように、日本の映画産業はいま転換期だといわれております。大手映画会社が自己資本で制作する映画は激減し、テレビ局や出版社、広告代理店、商社、上場企業などとタイアップして制作資金を募り、完成した映画は上映とともにノベライズやＤＶＤ化もして、総合的に利益をあげて分配するシステムが普及してきました」

「ほう、そんなことになってますか」

吉永のいうことは半分も理解できない。むかしから映画には興味がなかった。

「先生は映画をごらんになりますか」

「よく観ますよ。ロードショーにも行くし」

そう、五年ほど前、三宮の映画館で『ピンキージャンキー』の玲花と『たそがれ清兵衛』を観た。映画がはじまってすぐ玲花の膝に手をやり、内腿に指を這わせたら、思い切り逆に捻られた。映画が終わって食事をしたが、人差し指が腫れてきて、そのあと同伴はせず、病院に行った。右手人差し指第一関節捻挫で、ひと月あまり、粘土も触れなかった。以来、ピンキージャンキーには一度も顔を出していない。

「じゃ、先生、『悪果繚乱』という映画はごらんになりましたか。去年の夏、姫路の八千代座で上映されました」

「いやぁ、あいにく観てませんね」

「じゃ、『疫病神と貧乏神の哀しみ』は」

「観てません」聞いたこともない。

「いいんです。ふたつとも単館上映でしたから」

「主演は誰でした」

「『悪果繚乱』は二階堂エリカと磯江省吾、『疫病神と貧乏神の哀しみ』は春日亭福松と黒川ぱんじぃです」

「なるほど」

黒川ぱんじぃだけ知っている。むかし、尻から五十センチも離れた蠟燭《ろうそく》の灯《ひ》を屁で吹き消す芸を唯一の売り物にしていたコメディアンだ。わし、これでオリンピックに出よう思てますねん、というのが決めぜりふだったが、まだ生きているらしい。

「わたしども大東邦映画社では、日本の著名なクリエイティブな仕事をしている方々に映画制作をお勧めしております」

「ほう、映画制作ね……」

「制作費は一億円で、百口に分けております。いちおう五口からの募集ですが、今回に限り、三口からでもけっこうです」

「はぁ、そうですか」

「ただ出資していただくだけではクリエイターの方々に失礼かと存じますので、遠野先生には制作にもかかわっていただきたいと考えております」

「ぼくが、制作にね……」

「いかがでしょうか。原作、原案、脚本、監督、出演、美術、時代考証、方言指導……。先生のお得意な分野でご協力ください」

「要するに、Vシネマみたいなものですか」

「いえ、これはクリエイターの方々の共同出資による映画制作であり、それをわたしどもがお手伝いさせていただくというシステムです」

「つまり、自費出版……いや、自費ＤＶＤみたいなものかな」

「お言葉ですが先生、自費出版とか自費ＤＶＤというようなスケールの小さいプロジェクトではありません。これはあくまでも上映を目的とした映画です。もちろん、ロードショー上映が終わってからＤＶＤも発売しますが」

単館上映で評判がよければ全国の映画館に拡大配給する。ＤＶＤは一本八千円で販売するから、一万本も売れれば制作費はペイできる。あとの〝増刷〟はすべて利益になり、出資者に分配されるとゆりえはいった。

「なるほどね。それはおもしろそうだ」

いい話ではないかと、遠野は思った。最近は各地にシネコンが増えている。レンタルビデオショップも繁盛していそうだ。映画が当たれば一億の出資が五億、十億の利益をもたらすのも夢ではない。

「で、ぼくはなにをすればいいんだろうね」

「先生は彫刻家ですから、美術はいかがでしょう」

「どういうことをするんです」

「大道具、小道具、スタジオのセットなどを制作、監修していただきます」

「しかし、道具類はつまらないな。女優さんの衣装なら自信があるけど」

どんな下着がいいだろう。黒のブラジャーに黒のＴバックショーツ、レースの紐ショーツも好みだ。もちろん使用後は遠野の所有物とする。

「制作費の関係上、時代劇とか、外国を舞台にした映画は撮りません。だから、衣装は基本的に俳優さんの自前です」

「そうですか。それは残念だ」

「じゃ、先生、出演なさいますか」

「どんな役です」

「通行人とか、野次馬とか、いろいろあります。狂軌会の鴨橋先生は以前、溺死体に扮して熱演されました」

溺死体に熱演はないだろう。鴨橋はデブだから、よく浮くはずだが。

「ぼくはやはり、台詞のある役がいいな。主演の女子大生とからむ人生経験豊富な大学教授役とか」

「失礼ですが先生、台詞のある役は発声練習と滑舌《かつぜつ》指導を受けていただかないといけません。約一カ月、アクターズスクールに通って」

「一カ月は無理だな。今年はスケジュールが詰まっている」

テーブルの煙草をとった。一本抜いてくわえるふりをして床に落とした。煙草を拾いながらゆりえの脚のあいだを横眼で見る。哀しいかな、膝と脛《すね》しか見えなかった。

「じゃ、先生、ＡＤはいかがですか」

「いやぁ、それはちょっとね……。人前で裸になるのは恥ずかしい」

「あの、ＡＶではなくて、ＡＤです」

「なんです、それは」

「アシスタント・ディレクター。助監督です」

「助監督ねぇ……。ぼくは性格的に監督向きだと思うんだけど」

「すみません。監督を希望される場合は三十口以上、出資していただかないといけないんです」

「それは、いくらなんでもね……」

三十口イコール三千万円だ。そんな大金は蔵の骨董品をみんな売っても捻出できない。

「だったら、原作は」

「三十口です」脚本も三十口以上だと、ゆりえはいう。

「原案とかいうのもありましたね」

「原案は十口です」

「どういう業務です」

「おおまかな舞台設定とストーリーを呈示していただきます。その原案に基づいて脚本家がシナリオを書きます」

「うん、それにしよう。原案にします」

「ありがとうございます」

ゆりえはにっこりして、「契約書を作成しますね」

傍らのアタッシェケースをテーブルに置き、蓋を開いてファイルを取り出した。

2

アトリエのオーナーである亜実が帰ってきたのは零時すぎだった。

「センセ、亜実はちょっと酔うてるねん。コーヒー、淹《い》れてくれる」

亜実はソファにもたれ、ジーンズの脚を投げ出した。臍が見えそうな白のキャミソールにピンクのカーディガン、ローライズのジーンズはあちこちが破れて裾がささらになっている。そのくたくたのジーンズに真っ赤なシューレースのマウンテンブーツがよく似合っていた。

「今日はどんなポーズだった？」

遠野は立って、やかんをコンロにかけた。

「こうしてね、ベッドに寝そべるの」

亜実は頭の後ろで手を組み、脚をそろえてテーブルに乗せた。顔は上を向き、腰は斜めに捻っている。「昨日、ローションしなかったから逆毛になってて嫌やったけど、篠原センセはそのほうが自然でいいんやて」

亜実の逆立ったヘアを瞼に浮かべた。白くなめらかな下腹部、縦に小さく割れた臍、くびれたウエスト、金色のうぶ毛、ピンクの乳暈、先がぴこっと窪んだ尖り気味の乳首——。

篠原が羨ましかった。遠野はもう一年以上、亜実のヌードを見ていない。

「ポーズが終わったら、食事に行こうって、篠原センセが誘ってくれてん。『ヴェルレカミーチェ』のフレンチ。〝西国巡礼春爛漫の晩餐コース〟。めちゃ美味しかったわ」

「ああ、それはようござんしたね」

くそっ、篠原め。下心があったにちがいない。

「シャンパン一本とワイン一本。フルボトル。ほとんど亜実が飲んでしもてん」

「フレンチのあとはどこ行った」

「東門街。篠原センヤの馴染みのクラブ。女の子がみんなきれいやから圧倒されたけど、なんとなく変やなと思て、隣の子のお乳をぎゅっとしたら、すごいコリッとしてて、なんや男やんかと気がついてん」

「ゲイの店だったんだ」少なからず安堵した。

「そう。女装子《じょそこ》のクラブ。楽しかったよ」

「篠原先生はそっちの趣味か」

「ううん。あのセンセはノンケ。変なものを見ながらお酒飲むのが好きなんやて」

「そういえば、篠原先生は祇園の舞妓や相撲取りを連れ歩くのが好きだったな」

「舞妓って、変なん？」

「そりゃあ、変だろ。あんな白塗りでこの界隈を歩いたら職務質問される」

「わはっ、センセっておもしろい」はじけるように亜実は笑った。

ピーッと笛が鳴り、やかんの口のドナルドダックがパタパタした。遠野はキリマンジャロを挽いてドリッパーにセットする。

「今日は映画のプロデューサーが来た」

「なに、それ。集金？」

「NHKじゃない。大東邦映画社京都撮影所の所長補佐で、チーフプロデューサーのキャリアウーマンだ」

「ふーん、女のひと？」

「吉永ゆりえといって、あれは女優あがりだな。実に垢抜けていた」

亜実を嫉妬させようと思った。亜実は欠伸をし、両手をあげて伸びをしている。

「映画の制作を依頼されたんだ」

「ふーん、映画を撮るの？　センセが」

「監督は辞退した。暇がない」

やかんの湯を注いだ。粉がぷっくり膨らんで、広いアトリエにコーヒーの香りがたちのぼる。

「亜実、知ってるよ。センセがやらしいビデオをたくさん持ってるの。テラスの下駄箱に隠してるでしょ」

「あれは彫刻の勉強だ」

少なからず動揺した。「そのときどきの体位によって女性のシルエットがどう変化するか、それは裸を観るしかない」

「ふーん、そう」

亜実は立って屈伸をする。驚くほど身体が柔らかい。

マグカップに湯を注いで温めた。そうしてコーヒーを注ぎ分ける。

「監督を辞退したら、原案をお願いしますと頼まれた」

「なによ、それ。原案て」

亜実は腰を曲げて床にぴたりと掌《てのひら》をつき、脚のあいだから訊いてくる。

「おおまかなストーリーや登場人物のキャラクターを提案するんだ」

「じゃあセンセ、女優なんかも決めるわけ」

「もちろん、キャスティングもする」

「亜実、出る。映画に出るわ」

「溺死体で？」

「デキシタイ、ってなによ」

「霧深い北国の湖に浮かぶ役だ。亜実のような儚《はかな》げな美女にぴったりだな」

マグカップとミルク、角砂糖をトレイに載せてカウチソファのところにもどった。座って、パイプ煙草を吸いつける。

「でもセンセ、亜実は泳げないもん」

「だったら、轢死体かな」

「歴史の映画って好き。亜実はお姫様がいいな。毒りんごを食べて、眠りつづけて、王子様に助けられるんやけど、月の国からカボチャの馬車が来て、さようならって別れるねん。そのときにお姫様のこぼした涙が大粒の真珠になって、王子様は真珠を見てはお姫様のことを思い出す」

亜実はカップに角砂糖を五つも入れる。「どうセンセ、ロマンチックでしょ」

「ちょっと、お伽話だな。月から馬車が来る場面はCGになるから、制作費がかかりすぎるだろ」

「それやったら、湖に浮かんでもいいわ。お姫様のドレスに浮輪を仕込んで」

「誰にどの役を振るかはストーリーが決まってからだ」

「ストーリーはいつ決めるの」

「それはこれから考える」

――と、そのとき、亜実に出資させては、と思いついた。リスクは少しでも小さいほうがいい。

遠野はサイドボードの抽斗《ひきだし》から封筒を出した。一枚の紙を抜いてテーブルの上に広げる。

「契約書だ。〝遠野公彦原案〟と書いてある」

「ほんまや、センセ、かっこいいわ」

「そのあとも読んでみなさい」

「総制作費、一億円。原案料、一千万円……」

亜実は飲みかけのコーヒーをプッと噴いた。「センセッ、一千万円ももらうの」

「もらうんじゃない。出すんだ」

「どういうこと」

「だから、一千万円を出資するんだ。映画が完成したら全国の映画館に配給し、DVD化して出資金を回収する。映画がヒットすれば一千万が五億にも十億にもなる」

「十、十億円……」

亜実はコーヒーをプププッと噴いた。「それってセンセ、宝籤《くじ》よりいいやんか」

「当然だ。才能ある人間にしか、こういう美味い話はこないんだ」

「でもセンセ、映画がヒットしなかったらどうなるの」

「そういう例も、ま、多々あるだろ」

「多々あったら困るやんか」

「映画産業はギャンブルだ。毀誉褒貶《きよほうへん》相半ばし、虎穴に入らずんば虎児を得ず。乾坤一擲《けんこんいってき》、商売繁盛、家内安全、無病息災、天網恢恢疎にして漏らさず。ここを千載一遇の奇貨として背水の陣を敷けば、我に恐れなし」

「センセ、男らしい。さすらいのギャンブラーや」

亜実は拍手をした。「映画、作って。そして亜実をデビューさせて」

「そうか。亜実も賛成してくれるか」

「もちろんやんか、センセ」

亜実はソファの上で体育座りをする。「撮影はいつから」

「まだ決まってないんだ」

「早くしてね。夏になったら、お姫様のドレスが暑いから」

「それが実は、出資金の目処《めど》が立ってないんだ」

「だって、契約したんでしょ」

「これは仮契約書だ。署名、捺印はしていない」

吉永ゆりえは署名を迫ったが、遠野は首を振った——。「おれはなにごとにおいても軽々しい判断はしない。考える時間をくれといったんだ」

「じゃあ、いつ返事をするの」

「プロデューサーには二週間の猶予をもらった。そのあいだに原案を考えて、よしと判断したら契約する」

「でもセンセ、出資金はどうするの」

「七百万は都合がつきそうだが、あと三百万が足りないんだ」

「銀行で借りたら」

「おれは給与生活者じゃないから、ダメなんだ」

「サラ金があるやんか」

「サラ金で三百万も借りられないだろ。……こんなことはいいたくないが、亜実も出資して欲しい。このアトリエのオーナーとして」

さも困った眼で亜実を見た。亜実は体育座りの膝の後ろに顔を隠す。

「ヒロインの亜実を見たいな。スクリーンの亜実はどんなにかきれいだろう。日本中の男が亜実のファンになって、女優の次は歌手デビューだ」

亜実は絵画、彫刻のモデルとしては一流だ。酒はよく飲むがホストクラブなどには行かず、服もそう高いものは着ない。日頃から贅沢はせず、こつこつ金を貯めている。

「センセ、お金持ちやんか。遺産をいっぱい相続して」

「そう。遠野公彦、相続資産あり。むかし、男神山《おがみやま》一帯の土地は遠野家のものだった」

没落したとはいえ、いまだ所有地は三百五十坪、自宅敷地内に賃貸マンション一棟があり、毎月百八十万円の家賃収入がある。事情があって、このアトリエの建物だけは亜実の名義になっているが、それはまぁ大したことではない。ここは亜実に出資させてリスクを分散させるのが目的なのだ。

「おれは資産といっしょに親父の借金も相続した。土地は銀行の抵当にとられてるし、マンションの家賃も借金の返済に消えている。内実は火の車なんだ」

「ふーん、センセって苦労してるんや。いつも口あけてボーッとしてるのに」

「ボーッとしててわるかったな」

「分かった。亜実、お金出す」

思いつめたように亜実はいった。「でも、三百万円は無理やねん」

「おう、そうか」

「三十万円。……明日、銀行でおろしてくるわ」

「ああ、それはありがたい」

思わず、遠野はうなずいた。

3

毎日、原案を考えた。考えるとすぐ眠くなる。起きたら、なにを考えていたか忘れていて、また一から考える。ときどき、吉永ゆりえに電話した。

──主人公は引退したボクサーで、あるとき、再起を発起する。懸命にトレーニングをしてチャンピオンに返り咲くんです。

──ありがちなストーリーですね。スポーツものは当たらないんです。

そうして、また電話をする。

──主人公は彫刻家です。モデルはとびきりの美女だけど、苦界《くがい》に沈んでる。それを彫刻家が救い出すというのはどうですか。

──すみません。もうひとひねりしてください。

そうして、また電話をかける。

──タイムマシーンで、未来の荒廃した地球から兵士がやってくる。兵士はサイボーグと戦って、荒廃した未来を変えるんです。

──ごめんなさい。SFは予算的にパスです。

なにを提案しても却下され、またたくまに十日がすぎた。

昼すぎに起きてコンビニ弁当を買い、テレビを見ながら食っているところへ電話がかかってきた。

──はい、遠野です。

──ああ、どうも、お久しぶりです。お元気ですか。鈴木です。

声に憶えはあるような気がするが、鈴木という知り合いは何人もいる。

——あの、どちらの鈴木さんですかね。

——『ベルギャラリー』の鈴木です。その節はお世話になりました。

画商の鈴木だった。フルネームは知らない。ベルギャラリーにはバブルのころ、胸像を二、三点渡したが、ギャラはあまりよくなかった。まだ商売をしているのだろうか。

——ところで、ギャンブルはやってはりますか。

——ギャンブルね……。競輪、競馬、競艇、麻雀などをぼちぼちやってるが。

——先生は麻雀が強かったですね。いつも勝ってはったやないですか。

——そういえば、何回か打ったな。元町界隈の雀荘で。

いったい、なんの用なのだろう。日頃つきあいのない人物から唐突にかかってくる電話は、選挙かマルチ商法と相場が決まっているのだが。

——先生はカジノもしはると聞いてましたけど、どないです。

——一昨年はソウルと済州島《チェジュド》、去年はマカオに二回行った。ブラックジャックで身ぐるみ剝がれちまったよ。

——そら、あきませんな。仇討ちをせんと。

——いやいや、所詮、素人は勝てないね。あちらさんはテラ銭で食ってんだから。

——どないです、先生。いっぺん大阪のカジノでも覗いてみませんか。

──大阪にカジノがあるの。

──ミナミの三津寺《みってら》です。

──ほう、あんな賑やかなところに。

──わたし、勝つんですわ。

──勝つ？　カジノで？　信じられないね。

──それが、ちょっと訳ありですねん。

鈴木はカードを配るディーラーと裏でつながっていて、勝ったアガリをあとで折半するのだという。いつも勝ちつづけていてはマネージャーに怪しまれるから、三回行けば一回は負けて帰るようにしているが、やはりトータルで勝っていると不審に思われる。だから、次は鈴木が負けて、遠野が勝つようにしたいのだといった。

──要するに、わたしは小さく負けて、先生は大勝するんです。ビギナーズラックというやつですわ。

鈴木が遠野に話を持ちかけたのは、アンダーグラウンドギャンブルにはいかにも縁のなさそうな彫刻家だからだという。

──いきなり、こんな話をしてびっくりしはったかもしれんけど、麻雀の強い先生を見込んで電話しました。小遣い稼ぎにはなるはずです。大阪までつきおうてくださいな。

──しかし、そこは裏カジノだろ。非合法の。

——非合法やから、チップを換金できるんです。

——そのディーラーと鈴木さんはどういう仲なの。

——先生、それはちょっと……。

——いいじゃないか。そこまで喋ったんだから。

——幼馴染みですわ。姫路のころの。去年の春、ミナミを歩いてたら、ばったり会いましてね。それで飲みに行って、カジノで働いてると聞いたんですわ。

彼の名は丸岡といい、鈴木とは高校を出るまでよく遊んだ仲だった。丸岡は名古屋の自動車部品メーカーに就職し、鈴木は曽根崎の老舗画廊に就職して画商修業をはじめた。姫路に帰郷したときは誘いあって酒を飲むこともあったが、いつしか疎遠になり、ミナミで出会ったのは十年ぶりだったという。

——いっぺん、丸岡のカードさばきを見せてもろたことがあるんですわ。そら、みごとなもんで、エースやキングをどこからでも抜いてくる。プロのマジシャンより習練してると、丸岡はいうてました。……遠野先生、話のタネにどないですか。いっぺんカジノを覗いてみませんか。

話のタネ、という言葉にぴんときた。映画の原案だ。ギャンブルをテーマにした映画は当たるかもしれない。

——分かった。一度だけ、鈴木さんにつきあうことにしよう。

――そうですか。おおきに、ありがとうございます。……ほな、近いうちにまたお電話して、迎えにあがりますわ。

鈴木は携帯の番号をいい、電話は切れた。

遠野はすぐ、吉永に電話をかけた。

――ギャンブル恋愛映画はどうですか。主人公はカジノの凄腕ディーラーで、思いのままにカードを操れる。ある日、いわくありげな美女がカジノに現れて大金をスッた。ディーラーは美女を部屋に連れ帰って事情を訊くんです。君のような若く美しい子がなぜ荒《すさ》んだギャンブルをするんだ、と。すると彼女は、ヤクザのヒモに引っかかってソープに沈められそうなんですと、涙ながらに訴える。じゃ、おれが君の借金を帳消しにしてあげよう。凄腕ディーラーはヒモをカジノに誘って、こてんぱんにやっつける。……ありがとうございました、おかげでソープに行かなくて済みました、お礼はなにもできませんが、このわたしでよければ、と美女はいい、ふたりで温泉に旅立つというのはどうですかね。

――すばらしいですね、先生。新機軸じゃないですか。恋愛にギャンブルをからませたストーリーは初めてです。きっと当たりますよ。

――そう、ぼくもね、当たりそうな予感がするんだ。

――先生、カジノはお詳しいんですか。

――ああ、ぼくはこう見えてもギャンブラーだからね。最新のカジノ事情について取材もするつもりです。

――楽しみにしております。ぜひ取材をしてください。

吉永ゆりえは丁寧に礼をいった。


その日、亜実は六時ごろ帰ってきた。

「センセ、ごはん食べた」

「いや、まだだ」

「じゃ、お鮨、食べに行こ。苦楽園の『釜寿司』」

「ああ、そうだな……」

あまり気乗りがしない。釜寿司は高いのだ。亜実は大トロや鮑、ウニといった時価ものばかりを食う。酒は大吟醸を一本空けるから、払いはいつも五万円を超える。そのうち四万円は亜実の飲み食いだ。

「今日はイタ飯を食いたいな」

甲陽園の『アンティカ・オステリア』だったら二万円までで済む。

「センセ、イタリアンは脂っこいから嫌いやというたやんか」

「たまには脂も摂《と》らないとな。栄養学的に」

「あ、そう。だったらイタリアンでもいいわ。つきあったげる」

別につきあってくれといった憶えはないのだが……。

コーデュロイのズボンを脱ぎ、ジーンズを穿いた。セーターをトレーナーに替える。

「今日、原案が決まった。ギャンブル恋愛映画にする」

「わっ、お洒落やんか。亜実、ポンジャンとか好きやで」

「ポンジャンじゃない。カジノが舞台だ」

「ラスベガス？　マカオ？」

「いや、大阪の裏カジノだ」

「なーんや、貧乏くさ」

「取材に行くんだ。そうして金を稼ぐ」

「センセ、カジノは負けるんやで。篠原センセもいうてた。勝てるわけないって」

「それが勝てるんだ。仕掛けがある」

鈴木とのやりとりを話した。亜実は、ふん、ふんとうなずいていたが、

「センセ、亜実も行く。カジノで大儲けする」

「大儲けはいいが、資金が要るんだぞ」

「こないだ、センセに預けたやんか。三十万円。返してよ」

「そりゃあ、返すのはやぶさかじゃないが……」

「その鈴木ってひと、詐欺師やないんでしょ」

「画商だ。むかしから知ってる」

「だったらいいやんか。亜実、大勝負するねん」

「大勝負ね……」

亜実の性格上、負けたら補塡《ほてん》しろといいかねない。

「行くよ、センセ、前祝いのイタリアン」

亜実はピンクのフェイクファーのポシェットを首に提《さ》げる。

遠野はスエードのジャケットをはおり、ボルサリーノの中折れ帽をかぶった。

4

そして三日——。鈴木が家に来た。アトリエに通してコーヒーを出す。鈴木は亜実を見て怪訝《けげん》な顔をした。

「娘さんですか」

「ぼくはまだ四十すぎだよ。こんな大きな娘がいるわけないじゃないか」

「そうですか。それはおめでとうございます」

鈴木は遠野と亜実に小さく頭をさげた。「いつ結婚しはったんですか」

「失敬な。ぼくは独身だ」

「失敬て、なによ、センセ」亜実が怒る。

「いや、口が滑った」

亜実に謝り、鈴木に向かって、「この子はモデルだ。故あって、このアトリエに居住している。今日はこの子もカジノに行くから、よろしく頼むよ」

「リンダです。よろしくお願いします」亜実は手を前に揃え、ぴょこんと頭をさげた。

「リンダさん……。アメリカの方ですか」

亜実を見てアメリカ人かといったのは鈴木がはじめてだ。この男は眼がおかしい。

「苗字が林田やから、友だちは亜実のこと、リンダっていうんです」

「へーえ、羨ましいですな」

なにが羨ましいのか、鈴木はカウチソファに腰をおろし、ジャケットの内ポケットから厚い封筒を出してテーブルに置いた。「先生、今日は大勝負をしたいんですわ」

「大勝負ね……」

亜実もそういっていた。

「丸岡から電話があってね、三津寺のカジノは今週で閉めますねん」

「なんだ、急な話だな」

「マンションカジノは長うても半年で引っ越しするのが普通ですわ。ひと月ほど、ほとぼりを冷まして、今度は鰻谷《うなぎだに》か島之内あたりのマンションを借りて開帳するんです」

スタッフにはひと月分の給料を渡し、ルーレットやバカラ、ブラックジャックテーブルは倉庫に預けておく。そうして新規のカジノをオープンすると、常連客に連絡して場所を教えるのだという。

「そういうわけで、今日は五百万ほど持って行きたいんやけど、わたしが用意できるのはこれだけですねん」

鈴木は封筒から帯封の札束を出して、「あと四百ほど、都合してもらえませんかね」と、頭をさげる。

「鈴木さん、そんな大金は無理だ。このごろはレリーフも満足に売れないのに」

「こないだ、『碧穂《へきすい》画廊』で個展しはったやないですか」

「それは、まぁね……」

碧穂画廊の個展には九点ものブロンズ像を出品した。売れたのは三十センチの裸婦像が一点きりで、五十パーセントのコミッションを画廊にとられ、遠野が受け取ったのはたったの八万円。ブロンズ九点の鋳造費が百三十万円だから、どえらい赤字だった。

「今日は四、五百万、勝ちたいんです。もちろん、稼ぎは山分けです」

鈴木はまた頭をさげた。百万円を用意したのも、かなり無理をしたようだ。

「分かった。四百万は無理だけど、その半分くらいなら……」

亜実の手前、あまり小さいこともいえない。映画の本契約にそなえて二百万円は母屋の隠し金庫に入れてある。

「さすが、遠野先生は太っ腹ですわ」

鈴木は亜実に向かってそういった。


大阪。午後九時――。周防町あたりから新歌舞伎座にかけて、御堂筋の西側一帯はミナミの中心街から外れているらしく、古びたテナントビルにスナックや大衆割烹、ラーメン屋、焼鳥屋といった雑多な店が入っている。鈴木は道頓堀橋近くのパーキングに旧型のベンツを駐め、補修跡の目立つアスファルト歩道を三津寺通に向かって歩いた。

「カジノに入ったら、先生はまっすぐブラックジャックテーブルに座ってください。わたしは最初、ルーレットをします」

「丸岡さんて、どんなひとですか」亜実が訊いた。

「背が低うて痩せてます。色黒で歯が出てます。なんとなく貧相です」

「ネズミちゃんや」

「それはいわんようにしてください。本人、気にしてるから」

鈴木は歩をゆるめて、「先生にチップの賭け方をいうときます。一回目は五万円、賭けてください」

「えっ、五万も……」

「それは負けます。二回目は十万円、賭けてください。それも負けます。三回目は二十万円、賭けてください。それは勝ちます。差し引き、五万円の勝ちになります」

負けたら必ず倍額を賭けるように、と鈴木はいう。「なんぼ負けても、五連敗はありません。丸岡がちゃんと心得てます」

「なるほど。おれは駆け引きを考えずにチップを置けばいいんだな」

「倍賭けだけは絶対、忘れんようにしてください」

「了解。倍賭けをします」

亜実が答えた。

三津寺通。鈴木は白いタイル張りのビルを指さした。

「ここですわ」

一階の左にコンビニ、右に鮨屋。灯のともった袖看板の二階から四階にスナックやバーの店名が入っている。各フロアに五、六軒か。

鈴木はコンビニ横のガラスドアを押し、中に入ってエレベーターに乗った。四階で降りる。廊下を突きあたりまで行って、階段をのぼりはじめた。

「ふーん、こんなとこにカジノがあるんや」感心したように亜実はいう。

「このビルは七階建で、五階から上は賃貸マンションですわ」

六階にあがり、右の鉄扉を鈴木はノックした。壁の天井近くにテレビカメラ。ドアスコープからこちらを覗いている気配がある。亜実はカメラに向かってVサインをした。

ほどなくして小さく鉄扉が開き、痩せた髭の男が顔をのぞかせた。

「どうも」と鈴木。

「ああ、どうも」と、髭。

それだけのやりとりで髭は鈴木と遠野と亜実を中に入れ、施錠してドアチェーンをかけた。

手前に酒のボトルやグラスを並べた短いカウンター、中央にルーレットテーブル、左にブラックジャックテーブル、右にバカラテーブル、奥の別室にポーカーテーブルといった配置だが、天井が低く、照明が暗く、部屋そのものが狭い。華やかで猥雑なカジノを想像していた遠野には興醒めといってもいい安っぽいインテリアだった。遠野の表情を見た鈴木が隣に来て、こういうのがマンションカジノです、とささやいた。先客は三人で、ルーレットテーブルにふたり、ブラックジャックテーブルにひとり座っている。赤いベストに蝶ネクタイのスタッフは、さっきの髭をふくめて四人。カウンターの向こうにいる年嵩《としかさ》の黒スーツがマネージャーだろう。

カウンターで現金をチップに替えた。遠野は二百万、亜実は三十万、鈴木は百万だ。鈴木のチップがなくなったとき、切りあげて帰る手筈になっている。

遠野と亜実はブラックジャックテーブル、鈴木はルーレットテーブルに座った。〝ネズミ顔〟の丸岡は無表情でカードを配る。遠野はいわれたとおり五枚のチップを賭け、あっさり負けた。

「亜実は賭けないの」小さく訊いた。

「亜実はね、三回目から賭けるねん」

なるほど、亜実は遠野の倍賭けを利用してリスクなしに勝つ気だ。そういう収支勘定はほんとうにしっかりしている。

遠野は五万、十万と負け、二十万で勝った。亜実は三回目に一万を賭けて、あっさり勝った。


日付が変わり、客が増えた。ブラックジャックテーブルにも胡散臭そうなオヤジがふたり座った。ふたりは不動産屋のようで、物件がどうのこうのという話をしながら、ちびちびとチップを張る。亜実がよく勝つので、オヤジたちは相乗りしたがったが、それは丸岡がとめた。

遠野は平均して二勝五敗のペースだったが、チップは増えていた。すでに百万円近く勝っている。この調子で朝までつづけたら、目標の四、五百万にはとどくだろう。

一時すぎ、鈴木がテーブルに来た。「どうです、成績は」とわざとらしく訊いてくる。

「うん、勝ってるよ」亜実は正直にいった。

午前二時、オヤジたちは負けて帰った。それを見て、鈴木が耳もとでいう。

「これから、初めのベットは十万にしてください」

いわれたとおり、十万円のチップを置き、負けた。次の二十万円もまた負けた。遠野は四十万を賭け、亜実は三万円を賭けたが、これもまた負けた。

「わぁ、ひどい。大勝負したのに」亜実はぶつぶついって丸岡を睨《にら》む。

遠野は八十万を張った。負ける気はしない。今度は勝つ。

亜実は賭けなかった。黙って丸岡の手もとを見ている。

遠野のカードはクイーンとキングだった。これは勝てる。

丸岡がカードをオープンした。9と5の十四――。丸岡は三枚目を引いた。7だった。

「えーっ、二十一やんか」

亜実はのけぞり、丸岡は平然として遠野のチップを取りあげた。

「おいおい、四連敗だ」

動揺を隠して鈴木にいった。「百五十もやられたよ」

「先生、五連敗はないんです」

「ああ、そうだったな」

「ここはいっぺんに大きく勝たせるように、ディーラーが調整してるんですわ」

「しかし、次は百六十だ……」

「勝負師がなにをいうてるんですか。途中で退《ひ》いたらあきません」

「分かってるよ、そんなことは」

震える指で十万円チップを十六枚置いた。

遠野のカードはジャックと9だった。丸岡のオープンカードは10。わるい予感がしたが、もう一枚のカードは10以下だろう。

丸岡が伏せカードをオープンした。キングだった。

十六枚の十万円チップはあっけなくとられてしまった。

「なんだ、これは。五連敗だぞ」

かすれた声で鈴木にいった。あっというまに三百十万円も負けたのだ。

「先生、倍賭けですわ。丸岡は勘違いしよったんです」

「勘違いもヘチマもないだろ。おれはもう倍賭けするタマがない」

「カジノの廻銭をまわしてもらうんです」

「廻銭？　危ない金じゃないか」

「大丈夫ですて。ここは良心的なんやから」

利息はトイチで、取立するのはヤクザではないという。

そのとき、亜実が飲んでいたビールジョッキを倒してしまった。テーブルの上は泡だらけになり、カードも濡れた。

「なにすんだ、こら」丸岡がわめいた。

「ごめんなさい」

亜実は流れたビールを手で拭く。余計に広がった。

亜実は席を立った。遠野の腕をとる。

「センセ、帰ろ。亜実、怖いわ」

「し、しかしな……」

遠野は悔しい。廻銭を借りてでも負けをとりもどしたい。

「また来たらいいやんか。今日は帰ろ」

「ああ……」

渋々、立ちあがった。残ったチップを換金し、カジノをあとにした。


「センセ、騙されたんやで」

亜実がいう。「なんか変やなと思てたら、やっぱりや。あんなの勝てるわけないわ」

「そうかな……」

「センセって、ひとがいいわ。欲深やのに気前がいい。ひといちばい計算高いのに帳尻が合《お》うてへんねん」

「それ、褒め言葉じゃないだろ」

「センセは引っかかった。鈴木は画商なんかとちがう。詐欺師や。亜実は初めから胡散臭いやつやなと思ててん。それでセンセについてきた」

亜実は腕を組んできた。胸の膨らみが肘にあたる。遠野はぴくんと反応した。

「おれは勝負に疲れた。気息奄々、疲労困憊、脱力無比だ。どこかで休んで行こうか」

すぐさきにファッションホテルがある。

「センセ、亜実はロマンチックな女の子やで。そんな誘い方はないと思うわ」

「じゃ、博打でヒートアップした身体をふたりでクールダウンしよう」

「わっ、おもしろい。めちゃダサいわ」

「ありがとう」

「帰るよ。亜実、眠たい」

亜実はタクシーに手をあげた。


金が足りなくなったので映画の原案契約は断念した。溺死体に扮して映画に出演したという狂軌会の鴨橋が、ミナミの裏カジノで五百万円ほどスッたという噂を耳にしたのは、梅雨が明けたころだった。吉永と鈴木はどこかでつながっているのだろうか……。

初出（補筆あり）

充血性海綿体　「オール讀物」一九九三年三月号
USJ探訪記　「小説宝石」二〇〇一年五月号
尾けた女　「オール讀物」一九九二年一二月号
蜘蛛の糸　「小説現代」一九九四年一〇月号
吸血鬼どらきゅら　「オール讀物」一九九三年七月号
ユーザー車検の受け方教えます　「小説宝石」一九九六年三月号
シネマ倶楽部　「小説宝石」二〇〇八年五月号

二〇〇八年六月　光文社刊

光文社文庫

蜘《く》蛛《も》の糸《いと》

著者　黒《くろ》川《かわ》博《ひろ》行《ゆき》

2011年2月20日　初版1刷発行
2025年3月5日　5刷発行

発行者　三宅貴久
印刷　大日本印刷
製本　大日本印刷

発行所　株式会社　光文社
〒112-8011　東京都文京区音羽1-16-6
電話（03）5395-8149　編集部
8116　書籍販売部
8125　制作部

落丁本・乱丁本は制作部にご連絡くだされば、お取替えいたします。
ISBN978-4-334-74908-8　Printed in Japan

組版　萩原印刷